Kosmos

Witold Gombrowicz

宇宙

〔波〕维托尔德·贡布罗维奇 著

杨德友 译

人民文学出版社
PEOPLE'S LITERATURE PUBLISHING HOUSE

图书在版编目(CIP)数据

宇宙 /(波) 维托尔德·贡布罗维奇著;杨德友译.
—北京:人民文学出版社,2021
(贡布罗维奇小说全集)
ISBN 978-7-02-012897-6

Ⅰ.①宇… Ⅱ.①维… ②杨… Ⅲ.①长篇小说-波
兰-现代 Ⅳ.①I513.45

中国版本图书馆 CIP 数据核字(2017)第 111458 号

责任编辑 卜艳冰 何炜宏 邰莉莉
装帧设计 汪佳诗

出版发行 人民文学出版社
社 址 北京市朝内大街 166 号
邮政编码 100705
网 址 http://www.rw-cn.com

印 刷 山东临沂新华印刷物流集团有限责任公司
经 销 全国新华书店等

字 数 133 千字
开 本 889×1194 毫米 1/32
印 张 8.5
版 次 2021 年 1 月北京第 1 版
印 次 2021 年 1 月第 1 次印刷

书 号 978-7-02-012897-6
定 价 49.00 元

一

现在我来讲一讲另外一段更加奇异的遭遇……

福克斯在行走，我跟着他，汗水、裤腿、鞋后跟、沙土，我们费力行走，费力行走，泥土、车辙、泥块，玻璃球似的石子闪闪发光，光亮，发出轰轰声响的酷热，颤抖的热浪，一切都晒得发黑，茅屋、篱笆、田野、森林，这条道路，这段地界，从哪儿来，怎么来的，可以说出很多的话；说实话，我父亲和我母亲、整个一家人把我弄得疲惫不堪，我想要至少准备参加一门功课的考试，也想争取一点变化，躲开他们，到远远的地方去。我要去扎科帕内，路过克鲁普夫奇，考虑找一个管吃住的廉价旅社，于是遇到了福克斯，金色头发已经褪色，眼睛凸出，目光透出冷漠，但是他显得高兴，我也显得高兴，你好吗，在这儿干什么呀，正在找房子啊，我也是啊，我这儿有一个地址——他说——一个小地方，便宜，因为偏僻，又远，差不多到了乡下。我们往前走，裤腿，沙土里的鞋后跟，道路，炎热，我瞧着下面，地面和沙土，发亮的石子，一步、两步，一步、两步，裤腿，鞋后跟，汗水，因为乘夜间的火车，困得眼皮沉重，除了疲累的步伐，一无所有。他站住了。

“歇一会儿吧？”

“还远吗？”

“不远了。”

我看了看四周，看见了在之前根本不想看见的、早已经见过多次的一切：松树和篱笆，枞树和小屋，杂草和草地，沟渠、小径和白菜地，田野和烟囱……微风……一切都在阳光下闪烁，但是都发黑，树木的黑色，土地的黑灰色，植物的土绿色，一切差不多都是黑色的。传来狗吠的声音。福克斯钻进灌木丛。

“这儿凉快点。”

“走，去吧。”

“等一下。我得蹲一会儿。”

他走到灌木丛深处，那儿展现出来凹穴和空地，上面有枞树树枝和树冠交叉形成的阴影遮盖，我放眼观望交错的枝叶，太阳的光斑，草木遮阴的坑洞，弯曲的草丛，曲线，斜坡，圆形的林中空地，还有鬼才知道的那些有黑点的空旷地方，看上去不断变化、隐退，先是静静地膨胀，没有人知道，等一会儿它又胀大、挪动一切……我迷失了方向，全身淌汗，感觉到了脚下光光的黑色地面。那儿，在树枝之间卡住了一个什么东西——卡住了一个细小的陌生东西，但是模糊不清……我的同伴也在细细观看。

“一只麻雀。”

“嗯。”

是一只麻雀。麻雀吊在一根电线上。麻雀小脑袋歪着，小嘴张着，吊在一根细电线末端，电线勾在一根树枝子上。

值得注意。被吊死的鸟儿。这种怪异做法在这儿发出很大的声音，指出这是一只伸进树林枝杈的手干的——但是，这个人是谁呢？

是谁把鸟儿吊死在这儿的，为什么，可能出自什么原因？……我真的开始胡思乱想起来，在一大堆繁茂的枝丫中，有一百万种组合：摇摇晃晃的火车车厢，充满火车轰隆声响的黑夜，缺少睡眠、空气、阳光，和这个福克斯一起奔波，还有雅霞，还有我妈，一封信引起的纠纷，我“冷落”我父亲，还有罗曼，而且也有福克斯在办公室里和老板的纠纷（他告诉我的），地上的车辙、泥土、鞋后跟、裤腿、石子儿、树叶子，这一切都一股脑地突然堆放在这只麻雀前面来，呼啦啦地下跪，而它，这只鸟儿，倒像称王……在这么个死角里称王。

“是谁把它吊死的呢？”

“一个孩子。”

“不是。太高了。”

“走吧。”

但是他不动。麻雀吊在那儿。地面光秃秃的，但是有的地方有稀稀落落短小的草蔓延过来，散落了各种杂物，一块弯铁皮，一根棍子，另一根棍子，撕烂的纸板箱，一根小棍子，还有一只甲虫，一只蚂蚁，一只叫不上名字的虫子，一块木片，等等，一直蔓延到灌木丛根部的茅草——他都细细看了一遍，跟我一样。但是，他还是站着，观看，那麻雀吊在那儿，我站着，观看。“走吧。”“走吧。”但是，我俩都不迈步，也许是因为，我妈在这儿站的时间太长了，已经错过了走开的恰当时刻……而现在越发变得沉重，更加不灵活……我俩和这只麻雀，被吊在灌木丛之中……于是我头脑中滋生出某种失衡感，或者束手无策感，觉得我们无所适从……我觉得困倦……

“喂，我说，走吧！”我说完，两个人才迈步……把这只麻雀留在这灌木丛中。

我们继续在路上行走，头上的太阳热烘烘地烤着，令人焦躁，刚走了十来步就感到疲惫，我又问“还有多远”，福克斯用手指头指着篱笆上的牌子：“他们也有房间出租。”我瞧了一眼。一个小花园。花园里有座房子，在树篱后面，没有装饰，没有阳台，枯燥而寒酸，价格低廉，有突出的狭小露台，木制的，扎科帕内式样，有两排窗户，第一层和第二层各五个，小花园里有几棵矮小的树木，花池里有几株雏菊，都是半枯萎的，两条弯曲的小径。但是他认为，得先看看有什么问题没有，有时候在这样的地方饭食还是不错的，味美而价廉。我也准备进去看看，虽然我路过了好几个这样的告示牌，但是没有注意——而且我已经浑身冒汗。赤日炎炎啊。他推开门，我们顺着曲折小径走了进去，走近反光的窗玻璃。他按了按铃，我们在露台上等了片刻，房门开了，一个已经不年轻的妇女出来，大约四十岁，像是女仆，胸部高，有点发胖。

“我们想看看房间。”

“请稍等，我去问问太太。”

我们在站台上等着，我脑袋里仍然有火车的轰鸣、旅途场景、前一天的事情、人群、炎热、杂音。一阵阵震耳欲聋的喧嚣声。引起我注意的是这个体面的、眼睛明亮的女仆脸上歪斜得奇怪的一张嘴：她嘴的一端好像受过创伤，所以拉长了，拉长了一丁点，一毫米，使得上唇上翻，歪斜，或者滑动，像爬行动物那样，这向侧面歪斜滑动的状貌，又因为像爬行动物，像青蛙般的阴冷，令人退避，但是她又令我躁动，像一条昏暗的走廊似的，导致罪恶——滑溜的性罪恶。她的声音让我感到奇怪——因为不知道这样一张嘴会发出什么声音来，可是她刚才答话了，跟年龄稍大的微胖女仆没什么区别。我立刻听见她在室内的声音："姑姑，有两位先生来看房！"

这位姑姑很快出现，短腿，像擀面棍儿似的，胖得圆滚滚的。我们和她谈了几句话，是的，有一间供两个人住的房间，包餐。请二位看看吧。一股研磨的咖啡气味飘来，一个很小的壁龛，木制楼梯，是呀，为了读书学习啊，这儿很安静……上面又有一个楼道和几个门，房子窄小。她打开了楼道最后一个门，我一眼就看清楚了，像一切准备出租的房间一样，昏暗，窗帘下垂，有两张床，一个衣柜，有衣裳架，大托盘上有一个水罐，床头都有一盏小灯，没有灯泡，有一面镜子，镜框肮脏且丑陋。窗帘外面的一点阳光落在地板上，飘来外面常春藤的一点气息和牛虻的嗡嗡声。只不过……真是想也想不到的事：有一张床被占用，有人睡在上面，一个女人，甚至让人觉得，她睡觉的方式似乎不妥，虽然我又不知道到底哪点不妥——是床没铺床单，只有床垫吗，还是因为她的腿有一部分放在床的粗铁丝网床面上（床垫稍微移动了一点），而腿和金属网接触，在这炎热、充满嗡嗡声和折磨人的夏天里，真是令人惊奇啊。她正在睡觉吗？一瞧见我们，她就坐了起来，整理头发。

“莱娜，小金金，你干什么呢？真是的！先生们，这是我女儿。”

她点头回敬我们的鞠躬行礼，站了起来，轻轻地走出了屋门——这顺服安静的姿态镇住了我的胡思乱想。

又给我们看了旁边一间同样的屋子，但是稍微便宜点，因为和卫生间不直接相通。福克斯坐在床上，银行主任夫人坐在一把小椅子上，结果是我们租下了这间便宜点的房间，包餐，主任夫人说：“请两位先生看看吧。”

早餐和午餐我们在自己的房间里用，晚餐则是下楼和他们一家人一起用。

“请二位搬行李吧，这儿的事由我和卡塔霞办理。”

我们去取行李。

我们搬来了行李。

我们打开行李，福克斯还说，租得成功，不贵，另外那一间，肯定贵得多……而且还远一点……吃的会不错的，你能看出来！我越来越讨厌他那张鱼一样的脸……睡觉……睡觉吧……我走到窗口，向外观望，那穷酸的小园子热气蒸腾，再远处是篱笆和道路，道路灯后面有两棵云杉，大树标示出那只麻雀被吊死所在的灌木丛。我倒在床上，打了两个滚儿，就睡着了，嘴唇歪斜着，嘴唇因为更突出，所以不太是嘴唇了……可是不能再睡了，被叫醒了，这个女仆站在旁边。是早晨了吧，可是还黑着呢，是晚上了。不是早晨。她叫醒了我：“先生和太太请您下楼晚餐。”我起来了。福克斯正在穿鞋。晚餐。餐厅小得像个笼子，有个柜子，配有镜子；摆了酸牛奶，胡萝卜，外加沃伊迪斯先生滔滔不绝的话，这是一位退休的银行主任，戒指上有标记，袖口有金纽扣。

“您瞧，尊贵的先生，我现在是听夫人的安排和指挥，做琐碎的细事儿，修水龙头、收音机什么的……胡萝卜上多涂一点奶油，奶油是上等的……”

“谢谢。”

“太热了，要下大雨了，我可以凭最伟大的圣人发誓，预祝我和最高贵的客人平安。”

“爸你听见森林后面打雷的声音吗？（这是莱娜，我还没有看清楚她的相貌，实际上什么也没细看呢，不过，这位前主任或者前经理说话总是用词讲究）。请再吃一点点的酸奶吧，我夫人是酸奶奶冻专家，顶顶一流的，请问，顶顶一流的原因在哪儿呢，尊贵的客人？就在大瓮子里嘛！牛奶发酵的高质量直接取决于盛奶的瓮子。”“莱昂，你懂什么呀！”（他夫人插话了）“我现在是桥牌专家，先生们，过去的银行家，现在的桥牌专家，有夫人的特批，下午打牌，到了礼拜日，就是晚上打牌！哟，您二位还考虑读书呢，正好，这儿没有人打搅，安静，智慧像在煮水果汤里一样自由活动……”莱昂先生长了一个圆圆的小鬼脑袋，秃顶在桌子上面晃动，因为夹鼻眼镜可笑的闪光，秃顶显得更秃了，莱娜坐在他旁边，像一片湖水；礼貌周全的夫人滚圆地坐在那儿，时不时站起来关照晚餐，尽主妇之仪，在做贡献，我还没有注意到这一点；福克斯说了句什么话糊里糊涂的，却又冷漠，我吃了几个饺子，还是觉得困倦，他们在说，灰尘太大，季节刚刚开始，我问，夜间是不是凉快一点；大家吃完了饺子，煮水果端上来了，吃完水果糖水，卡塔霞把一个烟灰缸放在莱娜面前，烟缸上面盖了一层铁丝网，好像是（床上）床面那个粗铁丝网的复制品——极轻巧的复制品；我走进那间屋子的时候，一条腿、一只脚、一个小腿肚，都靠在那粗铁丝网上，等等。卡塔霞向前滑动的嘴唇靠近莱娜的小嘴。

我寻思着，离开了华沙的那个环境，现在又落到这儿来，开始……思忖了一会儿，但是卡塔霞走了，莱娜把烟灰缸推到桌子中间——我抽了根烟——打开收音机——沃伊迪斯手指头敲着桌面，哼起一支小曲，滴——里——里，立即又中断了——手指头又弹琴，又哼，又中断。这儿太挤了。房间太小。莱娜闭上了嘴，又张开，很羞怯……告一段落吧，明天见。我们上楼了。

我们解衣，准备就寝，福克斯手里拿着衬衫，又开始抱怨他的上司德罗兹多夫斯基，越说气越大，脸色发红。他说，这个德罗兹多夫斯基，起初跟他相处得不错，可是后来关系恶化，不知道为什么，我开始招他讨厌，你想想，兄弟，惹他讨厌，我动一动手指头，他都厌烦，你听明白没有啊，惹上司厌烦，一天七个小时，他容忍不了我，显然，他努力不看我一眼，一天七个小时，要是偶然看了我一眼，他两只眼睛也立刻转过去，好像被烫着了，一天七个小时！我自己也不明白——他说，一面看着他那一双鞋——有时候我不由得想要下跪，呼叫：德罗兹多夫斯基先生，请原谅，请原谅！可是，原谅什么呢？因为他也不是恶意的，我的确让他厌烦，我的同事都劝告我，让我低声下气，尽量不出现在他的视野里，但是——他瞧着我，目光冷淡而忧郁——可是我怎么站着，往哪儿站，他才看不见呢，在那么一间房子里，一天七小时在一起，我咳嗽一声，抬手动脚，他都受不了。是不是我身上有什么气味呀？……遭受排斥的福克斯这些怨言怨气和我被迫离开华沙一事联系了起来，离开得不情愿，牢骚满腹，他和我两个人，被抛弃……恨恨的……在这个租来的房间，生疏的房间，偶然发现凑合着住的房间里，我们解衣就寝，因为被驱赶，被抛弃。我们又谈到沃伊迪斯这家人，说有家庭的气氛，我睡着了。我醒了。深夜。黑暗。用床单蒙着头，过了几分钟，我觉得回到了这个有衣柜、小桌和水罐的房间，我辨别清楚自己对于窗户和房门的方位，这是全靠坚持，全靠寂静中大脑的努力。我长时间犹疑，该怎么办，睡觉呢，还是不睡觉……我不想睡觉，也不想起床，所以琢磨着，起来、睡觉、躺着，最后伸出一只脚，从床上坐起来，有窗帘的窗户显出白色，于是我赤脚走近，轻轻拉开窗帘：那边，小花园后面，篱笆后面，道路后面，就是在搅乱的树枝中间吊死麻雀的地方，那地方下面是黑土，黑土上有硬纸板、铁片和散乱的板条，那儿的水杉树冠沐浴在深夜的星光之中。我拉上窗帘，但是没有走开，因为忽然想到，也许福克斯正在偷偷地瞧着我呢。

的确，听不见他呼吸的声音……如果他没睡觉，他一定看见我张望窗外……如果不是在夜里，不是那只鸟儿，这也没有什么怪异的：夜里的一只鸟儿，鸟儿和黑夜。因为我透过窗户张望，必定跟那只鸟儿有关系……我不由得感到难堪……可是，寂静延续的时间过长，寂静完全变成了某种确信，我确信他不在，这房间里没有他，他的床上没有人。我拉开窗帘，在众星的微明中看得清楚，福克斯不在。他到哪儿去了？

去洗澡间了？没有，那儿传出来的水声是单一的。所以，情况如果是这样……那就是，也许他去看那只麻雀去了？不知道我怎么想到这儿来了，但是立即觉得这不一定是不可能的，他可能去了，那只麻雀引起了他的兴趣，他要从中寻找某种解释，那个冷冰冰的胡萝卜样式的瓷杯正适用于这样的调查，那个瓷杯倒挺像他……要思考一番，设想一番，是谁把麻雀吊死的，为什么吊死……还有，既然他挑选了这儿的房子，这也可能跟这只麻雀有关（这个念头有点牵强，但却是附加性的，有理由潜伏在背景中），够了，反正他是醒了，或者根本就没睡，好奇心让他起来，走出去，也许是为了调查某个细节，在夜间观察周围环境？……做侦探游戏？我越来越倾向于相信这一点。说到底，这对我没有什么损害，但是住在沃伊迪斯一家人这儿，我更愿意不要一开始就在夜里出这样的怪事；其次，让我有点恼怒的是，这只麻雀又出现了，来打搅我们，对我们显露身手，趾高气扬，显得不可一世——而如果这个白痴真的去见它，这个麻雀倒会变成一个接受采访的人士了！我冷笑一下。但是现在怎么办呢？我不知道该怎么办，却又不愿意回到床上去，于是我穿上长裤，拉开房门，往楼道里探头张望。空荡荡的，比较凉快，左面的黑暗在楼梯处减少了些，那儿有个小窗口，我细听，什么也没有……我走进楼道，感到不喜欢他不久前静悄悄地走出去，现在我又静悄悄地出去……总之，这两次走出去都显得不那么光明正大……我离开房间之后，便开始在脑子里重建这座房子的平面图，各个房间的配置，墙壁、壁龛、过道，甚至家具的布局，还有人……都很生疏，都还几乎不认识呢。

可是，在深夜，我身处一座陌生房屋的楼道，只穿了裤子和衬衫——这透出一股情色感，可能向着她滑过去，就像她的嘴唇是滑溜溜的线条——卡塔霞的嘴唇……她在哪儿睡觉呢？睡了没有啊？我刚问自己这个问题，立即就站到楼道里，开始向她走去，赤脚，只穿着衬衫和裤子，她那像蝌蚪那么小、向上翻的上嘴唇，滑溜溜的，像爬行动物的嘴唇，跟我在华沙受到的冷冰冰的、不愉快的排斥和冷落联系在一起；这个感受冷冷地驱使我去满足她粗野的性欲，她在这儿的什么地方，在这座已经入睡的房子里……我向前迈了几步，走到楼梯处，透过走廊里这唯一的窗户远眺；这个窗口对着房子的另一个方向，跟道路和那只麻雀正相反，有一片大空场，有围墙，群星明亮，可以看到同样的小花园，弯弯曲曲的小径和低矮的树木，花园向远处扩展，成了空地，堆着砖瓦，还有一个小亭子……左边，靠近住宅，有一间耳房，大概是厨房、洗衣房，也许卡塔霞正在那儿咂着嘴儿翻身睡觉呢……

天上布满繁星，却没有月亮——十分少见——在这群星中间，显现出一个个的星座，有的我是知道的，北斗七星、大熊星座，但是，我不太辨别得出来的那些星座，也潜伏在那里，主要是星星搭配，我尝试划出线来，连接成希腊神话人物的形体……这样的破解、构图，突然令我感到疲倦，我转向远望小花园，但是众多的物品也让我厌倦，例如烟囱、水管、拐弯的水沟、墙壁的木板、小树或构成组合的更复杂的事物，例如小径的弯曲和消逝、阴影的节奏……我不情愿地，但还是开始在这儿寻找形体、图案，已经不愿意这么做，因为我感到无聊，没有耐心，要发火了，但是终于明白了，这些东西里面有什么因素吸引了我，我知道，吸引我的就是“后面”、“再后面”，就是说，一个器物在另外一个器物的“后面”，水管在烟囱后面，墙壁在厨房角落后面，就像……就像……就像……晚餐的时候卡塔霞在莱娜面前俯身把带有铁丝网的烟灰缸推过来，放低歪斜的嘴唇，接近……卡塔霞的嘴唇在莱娜的小嘴后面……我比以往更加感到惊奇，我一般总是倾向于夸张，而且，这北斗七星，等等，给我带来了某种费脑筋的折磨人的东西，我想道：“什么，两张嘴，前后在一起？”让我特别感到惊奇的是，这两张嘴，一个和另一个，现在，在想象中，在回忆中，比在餐桌上彼此更接近，我甚至摇了一下脑袋，为的是清醒一点，可是，莱娜的嘴唇和卡塔霞的嘴唇的结合却因此更显得清晰了，我冷笑了一下，因为卡塔霞被激起淫荡的事，她轻易滑进肉欲的事，跟莱娜少女清纯的双唇开合毫无共同之处，只不过其一与“其二有相应的关系”而已，——就像在地图上一个城市对应于另一个城市的位置——无论怎么说，地图的念头进了我的脑子，星空图，或者城市普通地图，等等。这儿说的“结合”实际上不是结合，只不过是对照着第二张嘴考察第一张罢了，例如，从距离、方向、位置的意义上看待……仅此而已……而事实上，我在估算卡塔霞的嘴现在肯定位于厨房附近（她在那儿睡觉），我就考虑，在哪里，在距离她的嘴多远的地方，可以找到莱娜的小嘴。所以，在这个走廊里，我冷静中的情欲推动我奔向卡塔霞，因为莱娜半路杀出而遭到错位。

伴随着这个心思的，是越来越多的走神。这也不足为奇，过度地关注某一件事的时候都会引起走神，因为这件事掩蔽了其他的事，比如我们低能者看地图上一个地点的时候，其他的地点就都一一退隐下去了。我紧盯着小花园、天空、那两张嘴“后面”的二元性的时候，我就知道，就知道，有什么事情退隐了……重要的是……福克斯！他在哪儿藏着呢？是不是“玩侦探游戏”呢？但愿他别惹出大麻烦来！真后悔跟这个像条鱼似的福克斯住在一起，一点也不了解他……但是，眼前是这个小花园，小树、小路，都延展进入一片空地，那儿堆着砖瓦，一直到墙边，那堵墙白得出奇，但是，这一次，这一切都显得就是我看不见的东西的可见的记号——这就是房子的另一面，那儿也有一个小花园，还有篱笆、道路，后面是丛林……我感觉到星光的寒气和被吊死的麻雀造成的惊骇混合在一起。福克斯是不是去了麻雀那个地点了？

麻雀！麻雀！实际上，福克斯也好，麻雀也好，都没有引起我什么兴趣，还是那张嘴，很简单，是更令人感兴趣的……我在走神的时候想到……所以我抛弃了麻雀，把心思集中在那张嘴上，于是构想出一场累人的网球比赛，因为麻雀把我送到那张嘴前面，那张嘴又把我送到麻雀那里，我在麻雀和这张嘴之间摇摆，二者彼此隐蔽，我刚一到达那张嘴那儿，很急切地，就好像把它遗失了，我已经知道，在房子这一侧面的后面，还有另一侧，那张嘴的后面是一只被吊死的麻雀，孤孤单单的……最令人烦闷的是，这只麻雀不能和这张嘴放置在一张地图上，因为这只麻雀完全是在外面，属于另一个领域，而且是偶然的，甚至荒诞不经的，那为什么还要出现，没有这个权利嘛！咳，咳，就是没有权利！真的没有权利吗？越是说不出道理，它就纠缠得越厉害，越甩不掉——因为没有权利，它对我的搅扰就越加蛮横！

我又在走廊里，在麻雀和这张嘴之间逗留片刻。我回到了房间，躺下，睡着了，比预想得要快得多。

第二天早晨，我们都拿出书本，开始用功——我没有问他夜里去干什么了——也不愿意提起自己在走廊里的见闻，我好像是一个屈服于某种夸张的人，现在觉得难堪，是的，不舒适，但是福克斯的表情也很冷漠，懒洋洋地开始计算，那些计算很费精神，都写在纸条上，甚至还用了对数表，目的是制造轮盘赌的新方法，这个方法，他一点也不怀疑，实际上是欺诈、胡说八道，但是他还是拿出全部的精力来对待，因为他没有什么可做的，没有好一点的事可干，处境无可救药，两个星期以后假期结束，等着他的是德罗兹多夫斯基的办公室，这位上司又得作出超人的努力，连一眼也不看他，这也真是没办法的事，因为虽然他尽心竭力，完成任务，但是德罗兹多夫斯基依然不能容忍……他连着打哈欠，眼睛眯成一条缝，连抱怨的劲头都没了，这是他的原样，冷漠，最多就是提及我和家里的麻烦事，招我心烦，说什么你看，谁都有麻烦，他们也揪住你不放，真是的，我告诉你，太可怕了，都是欺诈！

下午，我们乘公共汽车去了克鲁普夫奇，买了点东西。快到晚餐时间了，我等着晚餐，等得急切，因为从昨天晚上起，就想要看见莱娜和卡塔霞，卡塔霞和莱娜。暂时，我还是控制住了全部这些念头，要再看一次，日后再考虑。

但是，安排全被打乱了，真是没想到。

她是有夫之妇！我们进餐的时候，她丈夫来了，把大鼻子伸到盘子上面，我虽然厌烦，还是好奇地瞧了瞧她这个性伴侣。一片混乱——倒不是因为我嫉恨，而是她变成了另一个人，这个男人把她完全变了；这个男人我看着不顺眼，却钻进了她那张小嘴包含的最大秘密之中；可以看出来，他和她是新婚，他的手盖住她的手，他直盯着她的眼睛看。一个什么样的男人呢？高大，身材不错，有点发胖，十分聪明，是建筑师，受雇建造一家旅馆。他说话不多，时不时取水萝卜吃——可是他会怎么样呢？怎么样？他俩彼此会怎么样呢，就他们俩的时候，他对她怎么样？她对他又怎么样？……哼！在我们感兴趣的一个女人旁边，看见一个男人，就是令人扫兴……更扫兴的是，这个完全生疏的男人，变成了我们——被迫的——好奇心的对象，我们必须猜测他最隐蔽的爱好和癖好……尽管厌恶，我们也得通过这个女人来认识他。我不知道希望看到什么：她本来十分诱人，却因为他而变得望而生厌呢，还是因为她选择的这个男人而变得令人着迷——两种结果，每种都令人失望！

他们彼此相爱吗？是热烈的爱情吗？理性的爱情？浪漫的爱情？顺利的爱情？磕磕绊绊的爱情？还是根本就没有爱？在这儿，在餐桌上，当着一家人的面，这是年轻夫妇随意的柔情，是不容易看到的，只能偶尔地偷看才能捕捉到，得使用“打边鼓”法子，不能越过分界线……我不太能够盯着他的脸观看，我的探询虽然急切，却也可恶，必须局限于他的手，这只手放在桌子上，靠近她的手；我看见了这只手，手很大，整洁，手指不难看，指甲剪得很短，我盯着看，越来越感到气愤，因为我必须探索这只手的性爱机遇（我好像变成了莱娜）。什么也没有看出来。是的，这只手很体面，可是，外表有什么意义呢，一切都取决于感觉（我想），触摸事物的感觉，我完全可以想象他俩之间的触摸是体面的，或者不体面，或者放纵，粗野、疯狂，或者就是一般房事的——什么也不知道，不知道，不知道，因为形状好的手为什么就不能够用奇怪的甚至跨越的方式触摸，哪儿有这样的规定？但是，很难想象，一只健康的、体面的手竟会做出这样过分的动作。的确是这样，但是可以想象，这样的事“到底”是发生了，于是，“到底”这个词儿增加了又一层的放荡。如果对于这只手我都不能吃准，那还谈什么人格，人格都是在更远的层次上的，在我几乎没有胆量用目光打探一下的地方？我知道，他的一根手指用一个几乎看不出来的隐蔽动作勾住她的一根手指，这就足以让他们的品格无限地放纵，虽然他，路德维克，还有板有眼地说，他带来了照片，拍得都很成功，晚餐后给大家看看……

“有一个滑稽的现象，”福克斯说完他的故事，讲到我们在灌木丛中发现了一只麻雀，“被吊死的麻雀！吊死一只麻雀！就像用两个蘑菇给白菜汤调味，太多了！”

“两个蘑菇太多了，当然太多了！”莱昂先生欣然同意，“两个蘑菇，请想一想啊，真是施虐狂啊！”

“恶棍行为。”库尔卡夫人言简意赅下结论说，同时扯下他袖口上掉下来的一根线，他表示欣然同意：“恶棍行为。”库尔卡回答：“说什么话你都反对！”“没有啊，小胖，我说的是，恶棍行为！”

“我说的是恶棍行为！”她高声道，好像他说的不是这句话。

“就是啊，恶棍行为，我说的，恶棍行为……”

“说了什么话你自己都不知道！”

她整理一下他上衣兜里露出的手帕一角。

卡塔霞从食品储藏室出来收拾盘子，她那向上翻的嘴唇滑溜而突兀，显得要靠近我越过桌面伸出的嘴似的——我一直迫切等待这个时刻，而同时又控制住自己，不予理睬，不至于造成什么影响或干涉……让试验得到客观的评价。嘴立即开始和嘴“建立关系”……我看见，丈夫同时对她说了句什么话，于是莱昂先生插嘴，卡塔霞在周围团团转，但是嘴一直和嘴发展关系，好像星星对星星，而这嘴的星座在确认我这夜间的冒险行动——实际上我已经不想再干了……但是，嘴儿对嘴儿，这片向外滑动上翻的丑陋嘴唇，对着那柔软而清纯嘴儿的开合……似乎好像有一点什么共同之处呢！我陷入某种颤抖和惊异：毫无共同之处的嘴，却具有某种共同之处，这个事实令我十分惊奇，把我推进某种恍惚的状态——而且这一切和黑夜混淆在一起，好像坠落在昨天的一切之中，朦朦胧胧。

路德维克用餐巾纸擦嘴，把纸又放在旁边，很得体（看样子他像一个十分整齐而清洁的人，只不过这清洁可能是肮脏的……），以他的男低音声音说，大约一个星期以前，他也在路边一棵水杉树上看到一直被吊死的鸡——可是他没有特别注意这件事，几天以后，那只鸡消失了。“真是邪门呀，”福克斯感到惊奇，“吊死的麻雀、吊死的鸡，这是不是世界末日的征兆哇？那只鸡吊得有多高？离公路远不远？”

他这样问，因为德罗兹多夫斯基不能容忍他，因为他恨德罗兹多夫斯基，不知道怎么办……他吃了一个水萝卜。

“恶棍行为。”库尔卡夫人重复说。她整理一下篮子里的面包，那是一个好主妇和善于烹调主妇的姿态。她吹散了面包渣。“恶棍行为！小孩子太多了，都是为所欲为！”

“对啊！”莱昂表示同意。

“谜底就在这儿呢，”福克斯冷冷地说，“麻雀和鸡都是被吊在成年人伸手的高度的位置。”

“什么？如果不是恶棍，还能是谁呢？您以为是什么狂人吗？还没有听说过这个地方有什么狂人。”

他说着，“滴——里——里”哼起了小调，全神贯注地捏制小面包球，在桌布上排成一排，细致观看。

卡塔霞把罩着铁丝网的烟灰缸推给莱娜。莱娜抖掉烟灰，我脑海里又浮现出她横在床面粗铁丝网上的脚，但恍恍惚惚的，嘴悬在最上方，电线上的鸟儿，鸡和麻雀，她丈夫和她，排水管后面的烟囱，嘴唇后面的嘴唇，嘴儿和嘴儿，小树和小路，树木和道路，太多了，太多了，没有秩序，没有规则，一浪一浪的，恍惚和散乱之中的浩繁。恍恍惚惚。令人厌烦的混乱，角落里架子上有个瓶子，看见了一小块东西，也许是瓶塞，堵在瓶颈上……

……我盯着这个软木塞，留在那儿守着它，直到回去就寝，梦境、睡觉，以后的几天什么事也没有，没有，乱七八糟的活动，胡说、吃饭、上楼下楼，不过，我倒是听说了一些情况，首先，莱娜是外语教师，和路德维克结婚才两个月，去波罗的海旅行，波兰的海尔半岛，现在住在这儿，等他建造好自己的小屋——这都是卡塔霞告诉我的，她手里拿着抹布，擦完一件家具又擦另一件，说话和气又开心，其次（这是库尔卡的话了），“必须再切开一次，再缝上，这是外科医生告诉我的话，医生是莱昂的老朋友，我跟她说了多少次啊，手术费我付，因为您知道，她是我侄女，乡下农民，来自格罗耶茨，但是，不是说我不认穷亲戚，可是她的样子妨碍审美，有损他人的审美感，是啊，有点粗鲁了，这些年来，我跟她说过多次了，因为，您知道，五年前出的事故，公共汽车撞到一棵树上，还好，没出更大的事，我跟她说了多次，卡塔霞，你别懒，不要害怕，见外科大夫去，把手术做了，你这个样子，要把脸整整型，咳，她就是不听，懒呀懒的，又害怕，一天一天地拖延，隔一阵子就说，姑姑，我一定去，可是还是不去，我们也渐渐习惯了，等到有别的人向我们再提起，她那个模样就又变得很显眼，我虽然对审美敏感，但是您能够想到，没完的家务、清理、洗涤，为莱昂做这件事，做那件事，还有莱娜，还有路德维克，从早到晚，一件事跟着一件事，那边还有事等着，有了时间就得干，等路德维克和莱娜搬进小屋，等着吧；莱娜算找到了一个正派人，但是，他如果让她不幸福，我发誓，我也许就要杀人，我会拿起一把刀就动手杀人，但是，感谢上帝，到今天一切还不错，只不过他们一事不做，路德维克也好，莱娜也好，完全跟莱昂一样，莱娜像他爸爸，什么事我都得操心，都得记得，这儿需要热水，要咖啡，床单得洗干净，袜子，打补丁，熨斗，扣子，手绢，夹心面包，餐巾纸，地板打蜡，把什么东西粘好，他们什么都不管，要牛排、凉菜，从清早到半夜，还有房客，您知道怎么回事，不用我说，是啊，他们交房租，租房子，但是也都什么事都得记住，这个人的事，那个人的事，都有钟点管着，一件连着一件……”

……还有许多事情填充时间，吸引注意力，每天晚上的晚餐，像月亮一样必不可少，坐在莱娜对面，瞧着卡塔霞打转儿的嘴儿。莱昂制造小面包球儿，码起来成一条线，十分用心——还从侧面十分认真地观察——考虑一会之后，用一根牙签挑起一个面包球。经过长时间思考，用刀尖拾起一点盐，撒在小面包上，透过眼睛仔细瞧着，还不满意。

“滴——里——里！”

“我的格拉日娜[①]！”他对莱娜说，“怎么不给你的小爹

① 格拉日娜：波兰浪漫派诗人密茨凯维奇笔下的美丽公主。——译注

爹扔过一个小小的红红的水萝卜呀，啊？扔呀！”

这句话的意思是请莱娜给他水萝卜。这种调情话很难懂。“你是我的格拉日娜，你爸爸美丽的公主啊！小肥肥，你在那儿干什么呢，没瞧见我渴了吗？”他倒也不是总要“自造文字混说”，但是有时候开始说话时像疯子似的，结束的时候正常，或者相反——他的秃顶脑壳闪闪发亮，下面配一张戴夹鼻眼镜的脸，像一个气球似的在餐桌上方游动——他常常变得十分幽默，连连说笑话，婆婆妈妈，慢悠悠地，“你知道自行车和三轮车，艾萨克骑自行车，那是一辆三轮车，哟呵呵！……”库尔卡给他梳理耳朵附近的头发，或者整理一下领口。于是他进入沉思状态，把桌布边缘的线穗编成小辫，或者把一根牙签插进桌布——倒也不是到处都插，而是在有些小点上，然后思考一段时间，皱起眉毛，再回来继续插。

“滴——里——里。”

这个声音因为福克斯而令我心烦，因为我知道，这等于给德罗兹多夫斯基这个磨房送水，这个磨房从早到晚研磨他、折磨他；过三个星期，他想逃也逃不走，又得返回办公室，让德罗兹多夫斯基凝视这取暖用的炉子，露出殉道者的脸色，因为，福克斯说，他甚至见了我的外套身上都起鸡皮疙瘩，讨厌我，没办法，讨厌我……莱昂的疯狂倒是有点适合福克斯的心情，福克斯以他黄色的、泛白色的、胡萝卜色的目光瞧着他……而这一切都把我更多地推进对我父母的怨恨，令我放弃那儿——在华沙对一切，我坐在那儿，又愤恨、又敌对，不甘心地望着路德维克的两只手，那手跟我毫无关系，令我扫兴，望而生厌，令我探索性爱接触的种种样式……库尔卡又来了，我知道，她充满了行动力，洗衣服、清扫、修补、熨衣服，等等。迷迷糊糊。喧嚣声和风声。我又寻找瓶子里那块软木塞，细看瓶颈和软木塞，也许是为了什么都不想看，因此这个软木塞成了我在汪洋大海上的一条小船，虽然大海传送给我的只是喧嚣，遥远，那喧嚣太平常不过了，太笼统了，所以不一定真正能够听见。实际上什么也没有。几天之内什么事都是点到为止了。

天气依然炎热。折磨人的夏天！就这么一天一天地挨着过，瞧着这个丈夫，他两只手，嘴，福克斯，莱昂，就像一个人在大热天赶路，一点一点地向前挪动……在第四天，或者第五天吧，我目光变得游荡，而且这不是第一次了，漫游到了房间的深处，我喝了点茶，抽了根烟，抛弃了软木塞，眼睛盯住墙上的一根钉子，在书架上面，从那根钉子又把目光转移到了衣柜，数板条的数目，已经又累又困，便延伸到了衣柜上方一般难以到达的地方，那儿的糊墙纸都卷了起来，一直到了天花板，雪白的沙漠；但是，单调的白色往远处就发生了变化，在靠近窗口的地方，变成粗糙、发黑的旷野，被湿气污染，成了繁复的地图，有大陆、港湾、岛屿、半岛、酷似月亮上的火上口的奇异同心圆，以及歪斜的、有始无终的线条——有些地方生病，像小脓疱疹，有些地方荒凉、没有被开垦，或者反复无常出现曲线和拐弯，献出濒临灭亡的恐惧，在迷蒙的远方消失。还有小麻子点，不知道怎么来的，大概不是苍蝇留下的，来源无法追究……我盯着看，沉溺其中，也沉溺于自己的散乱思绪，盯着看，盯着看，也没有费什么特别多力气，最后似乎越过了一道什么门槛——一点一点地，我几乎到了“另外一面”——我啜了一口茶——福克斯问道：

“你盯着看什么呢？”

我不想说话，这茶太烫。我回答：

“那一条线，角落里，岛屿后面，好像一个三角……海峡旁边。”

“什么？”

“什么也没有。”

“有什么事？”

“是这样的……”

过了一会儿我才说：

“它让你想到了什么？”

“那个点儿和那条线吗？”他急切地抬起头，我知道他为什么急切，知道这些点和线能够让他忘记德罗兹多夫斯基。“那个？等我告诉你。烧火钩子。”

“就算是烧火钩子吧。”

莱娜加入了谈话，因为我们在玩猜谜，同伴的游戏，不难，也适合她的羞怯。

“什么烧火钩子呀？是一个小箭头嘛！”

福克斯不同意：“什么小箭头？”

有几分钟，大家都注意别的事了，路德维克问莱昂，“爸你想下棋吗？”我因为指甲破裂，对我是个妨碍，报纸掉地下了，窗外的狗汪汪地叫（两只小狗，挺好玩的，夜里解开了绳子，还有一只猫），莱昂说：“下一局吧。”福克斯说：

“那也许是一个箭头。”

“也许是一个箭头，也许不是一个箭头。”我说，我拿起报纸，路德维克站了起来，一辆公共汽车顺着公路开走；库尔卡问：“你打电话了没有？”

二

我不知道该怎么叙述……这个故事……因为我是在倒叙。比如，这个箭头……这个箭头，比如……这个箭头，当时，晚餐的时候，一点也不比莱昂的棋盘重要，报纸，或者茶叶，一切——一切都是同等的——在这个时刻都构成了一种共鸣，一个群体的嗡嗡之声。但是，今天，倒叙起来，我才知道，这个箭头才是最重要的，所以，在叙述的时候，我把它拉出来，摆在前头，从无法分辨的大堆事实中推断出未来的轮廓。如果不是倒叙，又该怎么叙述呢？视觉上，任何事物在佚名的生成过程中，都永远是不能够表述的，谁也来不及发出诞生那一时刻的呼叫声，因为，我们既然是从混乱中诞生的，却无法和它接触，我们还没有来得及看一眼，秩序……形状……就已经在我们眼前诞生……都一样。就这样吧。每天早晨，卡塔霞都在早餐前叫醒我，她一双眼睛在我上方望着，在那不规则的嘴儿，那歪斜的滑动线的上方，那是一张乡下人的脸蛋，蓝色的眼睛。她能不能在四分之一秒间从我床铺上方退回去呢？她俯瞰我的时间不能延长半秒钟吗？……也许可以……也许不行……这种不确定性，这样的可能性卷进了我对夜间和她神交的回忆。另一方面……她俯瞰我，如果是出自纯粹的善意呢？我实在说不上来，观看他人常常遇到真实的障碍，这不同于观看没有生命的器物，我们真正观看的真的只有器物。诞生，无论如何，在她的嘴下面躺着这个场面，每天早晨都深深印在我的脑海之中，而且延续一整天，保持着她嘴儿的形状——我卷入其中，不得自拔。天气闷热，我和福克斯都做不了什么事情，都感觉疲累，他感到无聊，也是自作自受，可怜兮兮像一条嚎叫的狗，虽然他并没有嚎叫，只是感觉无聊而已。一天下午，我们仰面躺在床上，窗帘拉上了，因为到了下午，苍蝇就“嗡嗡嗡”没完。我听见他说：

“马伊杰维奇也许要雇佣我，但是现在的工作我又不能放弃，因为马伊杰维奇算我是实习，就等于我浪费了一年半的时间，可惜，不行……瞧那儿，天花板上……”

“什么？”

“天花板上。那儿，炉子旁边。”

“什么？”

"你瞧见什么了？"

"没有什么。"

"我真想把唾沫吐在他的狗嘴里。但是办不到。为什么办不到？他不是出于恶意，是我惹得他讨厌。他一瞧见我，就气得要死要活的，你细心看看天花板。什么也没看见吗？"

"什么？"

"像在餐厅天花板上看见的那个箭头。甚至更清楚。"

我没有回答，过了一两分钟，他又说："怪就怪在昨天还没有。"又是沉默，炎热，头部陷在枕头里，有点头晕，可是他又说话，抓住自己的话不放。"昨天还没有这个，昨天，从这个地方有一只蜘蛛向下面降落，我盯着它呢，如果有箭头，我早就看见了——昨天还没有。看那条中线，箭杆儿，原来是没有的，其他的，箭头儿，下面的分枝，我同意，是原来的麻子点，但是箭杆儿，箭杆……原来没有啊……"他叹了一口气，稍微抬起身子，用胳膊肘支撑着，灰尘在窗帘的一个窟窿射进来的光线中旋转。这根箭杆儿原来没有。我听见他从床上爬下来，只穿着内裤，抬起脑袋，拉长脖子，细察天花板，我感到惊奇，他倒挺认真的！那发呆的神气！一张神情发呆的脸对着天花板，宣称：“Fifty，fifty！”是的，也许不是。只有魔鬼知道。于是他回到床上，但是我知道，从床上，他又继续观看——惹得我极为厌烦。

过了一会儿，我听见他又起来了，又去看天花板；但愿他告一段落吧……但是他偏要看。

“这条划线穿过中心，箭杆儿，你瞧……不知为什么，我总觉得好像是用指甲新划出来的。有点显眼。昨天还没有呢……要是有的话，我早注意到了……它指出来的方向，正好跟餐厅天花板那条线的方向一致。”

我一直躺着。

“如果是箭头儿，就一定指着什么。”

我回应道：“如果不是箭头儿，就没有指着什么。”

昨天晚餐时候，就在我出自讨厌的好奇心瞧着路德维克的手的时候，我——又一次——把目光投向莱娜也放在桌面上的素手，这时候，她那只小手大概抖动了一下，或者微微地蜷缩了一点，我完全不清楚，fifty，fifty 吧……至于福克斯呢，我就不喜欢，甚至弄得我要发火，因为无论他做什么、说什么，都离不开德罗兹多夫斯基，离不开对他的蔑视、对他的不容忍、不宽容……不……哎呀，也罢，但愿我跟父母在华沙没有这类问题，但是，他一见他，就彼此厌烦。他又说。

他穿着内裤，站在房间中间，不断地说话。他提议，跟我一起观察清楚，这个箭头是不是指着什么——他说，如果我们确认，它不是指着什么，那不是很好吗，我们至少可以享受神圣的安宁，就是说，这个箭头不是什么人故意制造的，而只不过是幻觉——因为没有办法肯定，这是不是箭头。我轻轻地听着，考虑怎么回答他，而他坚持的劲头也很弱了，但是我觉得软弱无力，无力感渗透了一切。我提议说，既然他这么急切，他自己就可以把事办好，于是他坚持说，为了精确地确定方向，对于他来说，我是必不可少的，因为得出去，在楼道里确定准确的方向；最后他说："两个人总比一个人强。"我立即同意了，一下子在床上坐起来，因为想到按照一条固定的线路猛烈而坚定地前进，觉得比一杯冰水更合适！

我和他都穿上了长裤子。

房间立即充满了坚决又确定的行动，但是这行动却是从寂寞无聊、从无所事事、从反复无常的心理开始的，所以包含了某种愚蠢在内。

这任务不容易完成。

在我们这间屋子里，这个箭头并无所指，这是一目了然的，所以必须延长它的指向，透过墙壁，要探索它是否和走廊里的什么东西有关，然后再从走廊把这根线尽可能准确地延伸到花园——这就需要复杂的作业，没有我的协助，是很难完成的。我走到花园，从一个棚子里拿出一把铁耙，用它的把柄在草地上划出这条线的标记，让它符合福克斯从楼梯转弯处小窗口用扫帚把标示出来的线条。快到下午五点钟了，碎石被晒得滚热，小树不能形成阴凉，周围的草便枯干了——下面是这样——而在天上，则是大块滚圆的云团，在冷酷的蓝色晴空中飘浮。这座住宅露出两排窗户，一层、二层各一排，窗玻璃闪闪发亮……

是不是有什么人从一扇窗玻璃后面瞧着我呢？他们都还在睡午觉吧——周围都还静悄悄的呢——但是也不难排除，有人在窗玻璃后面偷看我们——是莱昂？库尔卡？卡塔霞？——不由得想到，偷看的人最可能正是早些时候悄悄进了我们房间的人，这个人划出像箭头一样的线条——为什么呢？要逗我们玩儿？穷开心？给我们什么暗示？没有什么意思嘛！不过，是的，这是非理性，是一根棍子，棍子有两个头，我和福克斯从这非理性另一头开始活动，不顾有什么道理——而我，这样全神贯注展开作业，但是（如果我不愿意泄露我活动的动机的话）我必须顾及明晃晃闪烁得刺眼的窗玻璃后面潜伏着的目光。

所以我时时警惕着这个情况。而从上方俯瞰的福克斯的目光，对我很有帮助。我行动很小心，以免引起怀疑，我耙一点草皮，装作因为炎热而疲倦的样子，扔下耙子，再暗暗地用脚调整耙子的方向。这些小心谨慎的细节，使得我和福克斯的合作比我的预计要紧张得多，我的一举一动，就像是他的奴隶似的。最后，我们确定了箭头的方向——这条线穿过靠着墙的工具棚子，那儿是园子的边缘，堆着垃圾和砖瓦，算是小花园的延伸部分吧。我们往那个方向挪动，一面观察，好像欣赏奇花异草，还不断聊天，做出手势，又细心察看，是否出现有意义的东西。从一个地段到一个地段，从一个石子到一根树枝，我们低垂着眼睛，向地面折腰，而出现在我们眼下的土地是灰色的或泛黄的，有着深深的铁锈色，枯燥而杂乱，单调得令人昏昏欲睡，如同沙漠，但又是坚硬的。我抹去脸上的汗水。这一切都是浪费时间！

我接近了墙壁……但是在这儿受阻，束手无策……征服剩下的这十来步显得很难，同时又太曝露！到现在为止，我们在窗玻璃监视下穿过小花园的进军相对是容易的——平地上是几十米——但是也因为隐藏的困难而变得困难，几乎像在上山——越来越陡、令人晕眩的登山行动好像我们在向顶峰冲刺似的。多大的高度啊！他蹲下了，装出细看小虫子的样子，于是猫着腰，好像追逐这条虫子似的，爬到墙壁前面；我绕了个小弯，从侧面迂回向上，到了他所在的地点。我们到了墙壁旁边，到了终点，工具棚子造成的角落。

酷热。野草，有些很茂盛，在微风中摇曳，地上有一个甲虫在爬，墙根有鸟粪——酷热难当，但是不一样，有股别的气味，好像是尿臊味；我忽然进入白日梦状态，滋生出距离感，似乎这是在很遥远的地方，好像我们已经漫游了几个月之久，这是一个十万里以外的地方，在天涯海角——悠然飘过来一股热烘烘的腐烂气味，不远处有一大堆垃圾，墙根的雨水冲出小水洼，长满了直立草丛和趴地野草，碎石烂瓦，还有一团一团的烂泥，石子儿——都是灰黄色的东西……又冒出炎热的热气，感觉却是不同而生疏的……是的，是的……费尽力气到了这个自成一体的地点，才让我们想起那个阴暗又阴冷的丛林，那些破烂硬纸板和铁片——还有那只麻雀——凭着距离的力量，那个角落发出回声，而我们的寻找活动在这儿似乎又活跃了起来。

任务困难重重……因为，如果我们寝室天花板上的箭头所指向的东西真的能够隐藏在这儿，那又怎么在这个乱糟糟的地点找到，这儿的烂草、烂杂物、垃圾，在数量上早就超过那墙壁上和天花板上可能出现的一切花样了。排列和组合的巨大数量……二十六个字母能够组成多少个词汇和句子？从几百根草茎、几百块烂泥和其他烂杂物可以引申出多少意义呢？从工具棚子的木板、从墙壁也能蹦出大堆大团的意思来的。我感到无聊极了。我伸了伸腰，望了望这座房子和这个花园——这些高大的综合的形体，现实世界的巨大建造物，正在恢复原来的秩序——我要休息一下了。回去吧。我本想告诉福克斯，可是他那张脸正对着一个点凝望，我只好打住。

我们头顶上方高一点的地方，有裂纹的墙壁上，形成了一个低凹带，这个低凹带有三个小坑，一个比一个小，有个小坑里挂着个什么东西。一根小棍子。小棍，只有两厘米长。挂在一根白线上，那根线稍微长一点。挂在一块砖头碰裂的地方。

仅此而已。我们又一次搜寻了周围的一切。什么也没有。我转过头来望了一眼窗玻璃都在闪闪发亮的这座住宅。一股凉爽气息降临，傍晚临近，这股气息让树木枝叶和草丛解除了炎热的折磨。小树上的小叶子抖动着，小树站成一排，都刷了石灰，有木棍支撑着。

我们回到寝室。

福克斯一下子倒在床上。“不管怎么样，这个箭头指向什么东西。”他说得很警惕，我也小心翼翼地胡乱回应：“指向什么？”

到这个时候，再假装不知道也难：被吊死的麻雀和被吊起来的小棍儿——小棍儿被吊在墙上一事重复了丛林中吊杀麻雀的事件——这个结果意味深长，因而麻雀事件造成的紧张突然扩大（虽然我们假装忘记，但是这紧张气氛表明这只麻雀仍萦绕我们脑际）。小棍和麻雀，小棍加强了麻雀的印象！很容易想到，有个什么人用这根箭头把我们导向这根小棍，让我们看到和这只麻雀的联系……为什么？有什么目的？是胡闹吗？有人要弄我们？愚弄我们？拿我们取乐……我感到不安……他也一样，这事促使我们多加小心。

“我敢说，是有人跟咱们开玩笑。”

“谁？”

“这儿的一个什么人……我说麻雀故事和我们发现餐厅天花板上的箭头时候在场的人。这个人在咱们寝室里划出一个箭头，这个箭头指向什么地方呢？指向那根线吊着的小棍儿。开玩笑嘛。骗局。”

但是，这样的话经不起敲打。谁愿意开玩笑开得这么麻烦？为什么？有谁能够知道，我们会发现这个箭头，而且对它这么感兴趣？不对，这是纯粹的巧合——一根线上的小棍，一根电线上的麻雀，这是切切实实的而且并不大的巧合。当然，一根线吊着一根小棍儿，不是每天都能看见的事……但是，这根小棍儿吊在那儿，可以出自一千种理由，却和麻雀毫无关系，是我们夸大了它的意义，因为它是在我们寻找结束时出现的——但也不是什么结果，因为不过是一根线上吊着的一个小棍……纯粹的巧合吗？是的……但是可以在这一系列事件中感觉出一种追求主观意向的倾向，某种把事件串联起来的东西；这些事件：被吊死的麻雀、被吊死的鸡、餐厅里的箭头、我们寝室里的箭头、墙上小坑里吊着的小棍儿——这其中好像要暴露出某种意义，像字谜里那样，字母开始争相组成词汇。什么样的词汇？是的，但是看来，一切都要以思想的名义形成思想……什么思想呢？

什么思想？谁的思想，这背后一定有个什么人，但是，是谁？谁想起来要这样的？如果……如果是福克斯要耍弄我……也许因为他太寂寞无聊……但是不会的，福克斯……要费这么大的精神开这么愚蠢的玩笑……这分明是没有意义的嘛。那就是偶然的事了？如果不是另一种变态，也许最后我会承认这是偶然的事；因为变态的状态都有抓住这样的变态的癖性……如果小棍的怪事没有另一件怪事的支撑，我也就不愿意告诉福克斯了。

“卡塔霞。”

可以看出来司芬克斯的至少一个面目出现在他的眼前——他坐在床上，低着头，慢慢晃动着悬起来的两只脚。

“什么？”我问。

“虽然她有这么一张受过磕碰的小嘴儿……”他若有所思，又狡黠地补充说，“也总有对眼的！……”他喜欢这句话，又说了一遍，好像要说服我似的。“我告诉你，你信我的话吧，总有对眼的。”

当然……嘴和小棍看样子可以联系起来，嘴和麻雀也行，这嘴既然看着让人害怕……可是，又怎么样？能够设想卡塔霞要弄这么精心设计的计谋吗？混话。但是存在着某种因果关系……这些因果关系，这些联想，在我面前展现，像一个黑洞似的，不仅黑乎乎的，而且还有一股往里吸的力量，因为卡塔霞的嘴后面有莱娜在嘴唇开合，我甚至感到发烧和震动，因为这根小棍能够和树丛里的麻雀关联起来，似乎是客观世界中第一个（啊，苍白、模糊的）符号，而这个客观世界似乎又证实了我有关莱娜的嘴和卡塔霞的嘴有关联的幻影；这是一个微弱的、幻觉中的类比，但是，归根结底，这同样的“有关联”在这儿发挥了作用，确定了某种类型。福克斯是不是知道莱娜和卡塔霞之间嘴儿的这种关联或者结合呢——他想到过这样的事吗？……我是绝对不会问他的……不仅仅因为感到羞耻。这件事，无论如何我是不会让他听见，也不会让他那两只令德罗兹多夫斯基无名火起的凸出的眼睛看见；他和德罗兹多夫斯基处得不好，我和父母亲处得不好，这样的状况令我感到不踏实，压抑并折磨着我，我不能对他说实话，不能把他当成朋友！我不愿意——这个“不愿意”就是我和他关系中的关键词。不不不，不愿意。

然而，他一说“卡塔霞”这个名字，我就感到兴奋，几乎感到愉快，因为除了我，还有别人看到了她的嘴和小棍以及麻雀之间存在着某种可能的共同性。

“卡塔霞，”他慢慢地说，掂量着说，“卡塔霞……”但是可以看出，在短暂的舒适感之后，他的目光又显出苍白，德罗兹多夫斯基又出现在地平线上，它是为了消磨时间才哼哼唧唧地胡乱评论：“我一见她就……她那张嘴的问题，显得……但是……不管怎么说，这样说，那样说……你有什么看法呢？”

三

这件事的淡化、不可捉摸的状况，迫使我们在寝室原地重新用功，我看我的文稿，他看他的笔记，但是我还是心不在焉，随着傍晚到来，越加走神，那些地方的慢慢加重的昏暗，道路外面、花园边缘等地的昏暗，渗透到了我们灯盏的光亮范围。还有另一种可能。谁能保证，除了我们发现的这个箭头，在墙壁上没有隐藏着某些其他的符号，例如，在洗漱池上方的污点和衣柜上面的楔子的结合之间，在地板的擦痕之间……和偶然破解的一个符号相比，还有多少没有被注意到的、暗藏在事物的自然秩序中的符号呢？我的目光时时离开论文去侦查房间的深处（对福克斯要十分保密，他一双眼睛大概也在滴溜转着观察呢）。不过，我倒不太把这事放在心上，小棍具有不断散播故事的浮想联翩性质，一定存在像这个故事那样虚无缥缈的事。

无论如何，周围的现实已经受到各种可能的阐释意义的污染，而这一点把我拉开——不断地把我从一切其他事物拉开，但是同时，它又显得滑稽可笑，因为像一根小棍儿这样的东西竟然触动我到了这等程度。晚餐像月亮一样必然到来，莱娜又坐在我对面。晚餐之前，福克斯提醒我："这件事一点也不值得拿出来说。"他的提醒得很对，谨慎为好，不然会被人家看成傻瓜或者狂热分子。晚餐照旧。莱昂先生一边吃水萝卜一边说，几年之前，他在银行的上司克雷欣斯基教给他自己所谓的"窍门"或者"对比法"，这位上司说，每一个有自尊心、想升官的人都应该熟悉——了如指掌。

于是他模仿已故的克雷欣斯基压低的喉音说："莱昂，你要好好记住我说的话，注意，这是高超窍门的问题，明白吗？比如说，出现了什么情况，你必须指责某个职员，你该怎么办呢？那当然啦，青年人，拿出一包香烟来，请他抽啊。这就叫对比法，注意，是秘诀。如果一个顾客让你感到别扭、不愉快，那你必须微笑一下，即使不是对着他，也要对着女秘书。如果你没有这点窍门，他就会逼近，对你蛮横。反之，另一方面，你很温和，就时时冒出一个粗俗点的字眼儿，防止他蛮横，因为，如果他蛮横起来，粗鲁起来，怎么办呢？听着，诸位，"他将餐巾掖在下巴下面，伸出一根手指头，"有一次，银行行长突然来视察，当时我已经是部门经理，我对他毕恭毕敬，礼仪周到，但是午餐时候，我的脚绊了一下，酒杯里的红酒有一半洒在他身上。于是他说：‘我看出来了，您是克雷欣斯基主任调教出来的。’”

莱昂笑着，在盘子里切水萝卜，抹上黄油，撒上盐，入口之前，还细心看了看。“嗨，嘿嘿！说起那个银行的事，一年也说不完，怎么形容得出来，怎么说清楚呀？！思绪千万，不知从何说起，太多了，太多了，多少日子，多少个钟头呀，上帝，上帝啊，神圣的上帝，有多少个月，多少年，多少秒钟，我都是在跟主任的女秘书斗嘴、打架，一个愚蠢的女人，我慈悲的上帝啊，这是个好告状的婆娘，有一次她飞跑到主任跟前，说我往字纸篓里吐唾沫，我说，您是不是疯了，是吗，啊？……可是，说有什么用呢，要说的太多了，这吐唾沫的事，是从哪儿说起，又为了什么呀？就这么掐呀，打呀，一连好几个月，好几年……谁还记得？那样的嘀嘀咕咕、喋喋不休，究竟要怎么样哟！……”他沉思片刻，接着悄悄地说，“她当时穿的什么外套来着？……怎么一点也想不起来了……哪一件……有刺绣图案的吗？……”他停止沉思，忽然对库尔卡猛地呼喊：“库尔卡，宝贝儿库尔卡，管它的呢，都是过去的事啦！”“你的领子卷起来了。”库尔卡回答，放下手里的罐子，理了理他的领子。“三十七年的婚姻生活，怎么说也是甜蜜蜜的啦，亲爱的先生们，我们住在维斯瓦河上，有一次下大雨，哎哟，哎哟，那是多少年以前的事啊，我买了水果硬糖，那个管家的，管家的，房顶漏雨，嗨，嗨嘿，嗨哟嘿，都多少年了，在一个小咖啡馆里，那算什么咖啡馆嘛，分明就是个五凤楼嘛，就是啦，哼哼嘿……我怎么也说不齐了……三十七年！能怎么样啊……嗨，嘿！”他脸上露出得意的神情，却又不说话了，伸出一只手来，取了一块面包，慢慢捏一小块，揉成一个小小的面包球，仔细地瞧着它，依然沉默，又开始哼唱滴——里——里。

他切下一小块面包，把四边又切去，剩下一个正方形方块，抹上了黄油，摊开，摊均匀，用刀拍了拍，再撒上一点盐，这才一下子塞到嘴里——吃了。他好像要确认是把这块面包吃下去了。我又望了望天花板上划上去又延展开来的箭头，这算什么箭头，我们怎么竟把它看成是一个箭头呢？我瞧着桌面、桌布，应该承认，您看到的东西是有限的——桌布上有莱娜的一只手，放松、娇小，咖啡色，看着凉爽，从手腕往上一直到肩膀，越来越白（这是我的想象，因为已经羞于把目光溜到那个地方)，这只手掌宁静不动，但是，细看之下，可以看到它大片的颤动，例如无名指上戒指下面皮肤的抖动，或者中指和无名指这两个指头碰到一起的时候——实际上都是抖动的细微开端，但是有时候就转变成真实的动作，在实质接触桌布的时候，在指甲抹平皱褶的时候……这离开莱娜本人已经遥远，但是我还是感觉出来就像一个伟大的国家，充满了肯定服从于统计学法则的内在运动，无法控制……在这些运动之中有一个，那就是手掌的运动，手指懒懒地攥成拳头，那是抓紧的拳头，羞答答的……以前已经进入我的眼帘……但是呢，这个动作就完全跟我没有什么关系吗？……谁能够知道呢，有意思的是，这个动作出现的时候眼睛也低垂，“低眉顺眼”(这些，我也没有看见呢)，在这样的时刻她一次也没有抬起眼睛。她丈夫的手，性感又不性感，有点性感却完全不性感的丑陋的手，这一块怪东西“因为她”而受到强迫性情色的负担，因为和她的小手联系了起来，所以这只手是体面的，能够展示于人……也是在这个地方，在桌布上，在眼前……当然，她手掌的闭合可能和他的手有关系，但是也可能是处于和我眯缝起来的眼帘下的凝望有那么一点轻微联系，虽然必须承认，这种情况的概率几近于无，百万分之一吧，然而，虽然这样的假设几率极其微小，但是极具爆炸性，像一颗火星，像易引发出飓风的微弱呼吸！……因为，谁知道呢，她甚至也可能痛恨这个男人；我不愿意多看这个男人一眼，因为我在他周围总是迷惘，担心，我不可能理解他，就像不可能理解她一样……因为，例如，如果她坐在丈夫旁边，在我的观望下手掌闭合，那又有什么，她可能就是这个样子，她的这个微末罪孽跟她的真率与温柔联系在一起，而真率和温柔，在这个场合，变成了更高一级的偏向。啊，脆弱思想的野性强力！爆炸性的呼吸！晚餐照常进行，路德维克想起什么事情来，掏出笔记本，福克斯滔滔不绝，告诉莱昂，那个女秘书“是个风骚娘们”，或者“上帝啊，在那个银行里干了多少年啊！”但是莱昂皱起眉毛，一张脸像个戴了夹鼻眼镜的光头，说说因果细节，为什么“请诸位女士先生想一想”……“不，他没用卫生纸”……桌子上有“方便软纸”……福克斯用心听他说话，这样就不至于想起德罗兹多夫斯基。我想，如果她手指缩起来原因在我，但是我知道这个想法无聊，但这是一次伸缩，一次抖动，一次激变，库尔卡小而肥的躯体突然发飙，钻到桌子下面，瞬时之间，桌子又和库尔卡一起发飙……这是怎么回事？原来是一只猫。是库尔卡把这只猫从桌子底下拽了出来，那猫嘴里叼着一只老鼠。

这一晚上的闲聊胡吹与东拉西扯，在一大锅翻腾的浑汤里不断冒白沫，都是餐桌旁大人们在不断灌水——废话终于收场，这咆哮奔流的河水返回河床，野猫被扔到外面，眼前仍然是餐桌、桌布、灯盏和酒杯，库尔卡抹平褶皱的餐巾，莱昂伸出一根手指头，又开始说刚想起来的笑话；福克斯挪动了一下；门开了，是卡塔霞；库尔卡对莱娜说："递给我生菜盆子。"空虚，永恒，虚无，平静，我又回到原来的思考：她爱他，又恨他，绝望，又迷恋，幸福，又不幸，但是也可能都凑在一起，都有一点；但是最拿得准的是上面说得都不对，原因呢，干脆就是她的小手太小，那不是普通的手，那是小手，有这样的小手，她会怎么样呢，不可能什么都不是，她是……她是……有强大的效果的，但是她本身又是空虚……一片混乱……混乱……混乱……火柴、眼镜、弹簧锁、篮子、葱头、甜饼干……甜饼干……我必须从侧面观看，在侧面，斜着看，低头抬眼看手、袖子、肩膀、脖子，得斜着眼看，面对面地看只能偶然地，在找到看一眼的借口的时候，睁开眼一看这种情况下可以看的东西，要是想由着性子看个够，也办不到……爆发了哈哈哈的笑声，我也笑起来，都是莱昂的野史外传，库尔卡尖叫，福克斯直打哆嗦……莱昂伸出一根手指头呼叫“说句老实话”……她也在笑，但是她这样笑也只是为了用笑容装饰大家的笑容，她做的一切事都只是……为了装饰……但是，即使我能够看得心满意足，也还是不会知道，不会的，不会知道，因为他们之间什么事都可能发生……

“我需要一根线和一个小棍儿。”

又要干什么？福克斯问我。我回答：

“我忘了带圆规来……真是的……现在必须画一个圆圈，图上需要一个圆圈。有一根线和一根小棍儿就行了……一根小棍儿，一点线。”

路德维克客气地说：“我有圆规，在楼上呢，我给您取来吧。”福克斯表示感谢（瓶子和软木塞，那块软木）是的，啊哈，我明白了，这个滑头，啊哈……

这就等于秘密告诉真实开玩笑的人，我们注意到了寝室天花板上的箭头，而且发现了那根线上的小棍。这是万无一失的办法——如果有人真的要用各种符号逗我们玩，就让他们知道，我们收到了符号……而且期待着进一步的发展。机会儿近于无，但是他多说这么几个字又能费他什么力气呢？我突然从这一可能性的奇异角度来看待这个家庭——肇事者就在其中——而同时，小棍和麻雀又浮现出来，麻雀在丛林中，小棍在园子的尽头，在这个小窝里。我觉得自己身处麻雀和小棍之间，就像在南北两极之间，而我们这一伙人，坐在餐桌旁边，在灯光下，让我觉得就像来自另一个建构，与母亲和小棍“有关”——因为这个令人发憷的情景为另一个令人发憷的情景铺路，情景令人不安，却又引人入胜。上帝啊！考虑到这个小棍，考虑到这只麻雀，也许我到最后能够知道，嘴儿是怎么样了（从哪儿说起？怎么样的？这不是荒唐吗）。

集中注意力往往令人走神……我倒愿意这样，因为可以允许我同时在这里又在别处，感受到某种轻松……卡塔霞越来越怪，她在这儿转来转去，一会到这儿，一会到那儿，时近时远，俯瞰莱娜，站在莱娜身后，我欢迎她，好像聋哑人发出一声声“啊啊啊”，又好像吃东西被噎住的人发声。这些受到轻微损伤的嘴唇难以发觉的边缘变形，又一次地、更多地——说起来也羞耻——和我面对面的小嘴单纯而诱人的闭合联系了起来，这个结合，忧郁形状的变化而变弱或者变强，导致了种种矛盾，例如放荡的贞洁、粗鲁的怯懦、大幅度的开合、无耻的耻辱、冰冷的炎热、清醒的醉酒……

“您不理解，爸。”路德维克说。

“我不理解什么？到底是什么？”

“组织。”

“什么组织！干什么的组织！”

“社会和世界的理性的组织。”

莱昂的光头头顶要越过桌面攻击路德维克：“你要组织什么？怎么组织？”

“科学地。”

“科学地！”他的两只眼睛、夹鼻眼镜以及脸上的皱纹，还有脑壳，共同传递出一番怜悯，他压低了声音。“年轻人，”他亲近地问道，“你这个小脑袋是不是要到鸦片烟罂粟花的果实里去找智慧呀，啊？组织！你自己胡思乱想出来，认定把什么都抓在手里，多美啊？”于是他伸出弯曲的手指头，在他面前跳起舞来，又冲他摊开双手，往手掌里吹气：“呼，呼呼！呸，跑了！飞飞，乒乒乒，啪啪啪，伊伊伊伊……你明白吗……普瓦，普瓦，你在那儿干什么，为什么在那儿，你怎么回事，你怎么啦……跑了，从你手指头缝里跑了。

没了。”

他瞧了瞧凉菜盆。

“我不能跟爸爸讨论这个事。”

“不能？说说，为什么？”

“因为爸爸缺乏背景知识。”

“什么背景知识？”

“科学的。”

“科——学的，”莱昂慢腾腾地说，“请你，请你告诉我，向我雪白的处女般心胸说明，你凭这个科学背景怎样组——织，以什么方式，我问你，凭这个要干什么，我问你。你凭什么，为什么，追求什么，在哪里，在什么地方，你怎么样，我问你，凭这个，凭那个，又拉着这个，依靠什么，怎么样……”他给噎住了，瞪着眼瞧他，说不出话来，路德维克给他盘子里加了一点土豆，土豆把莱昂从麻木中释放出来。“你知道什么？！”他苦涩地高喊，“学习！学习！我是没有学习，但是多年来我一直地思考……现在也在思考、思考……自打我离开银行，我不干别的，光是思考，思考得我脑袋都要崩裂了，这跟你有什么关系，你也不嫌麻烦……算了吧，算了吧！……”但是路德维克吃了一小块莴苣叶子，莱昂犯困了，都安静下来，卡塔霞关上了橱柜，福克斯问温度是多少，咳，还是热呀，库尔卡夫人把盘碗推向卡塔霞，瑞典国王，斯堪的纳维亚半岛，然后是肺结核，注射。桌面现在宽敞多了，只有咖啡缸子、茶杯、面包篮子和几块餐巾，已经叠了起来，只有莱昂的那一块还平放着。我喝茶，困倦，谁也没有动一下，坐得更随便一点，椅子都离开桌子远一点，路德维克伸出手来拿报纸，库尔卡枯坐。有时候她就是这样枯坐，陷入一种虚空的状态，没有表情，最后突然惊醒，好像一块石头投进水里一样。莱昂手上有一个瘊子，上面还长了几根短毛，他仔细瞧着它，又取了一根牙签，用来拨弄这几根短毛——又细心瞧了瞧——于是捏了一点盐撒在短毛中间，又瞅了瞅。微笑一下。滴——里——里。

莱娜的手出现在桌布上，茶杯旁边。一大堆的故事，没完没了的趣闻，比如水池里青蛙的叫声，大群的蚊子，大群的星星，一团乌云包围了我，抹掉了我，和我一起飘浮，天花板上有群岛和半岛，有小碎点和水印子，一片延展到窗帘上面的枯燥的白色……丰富的微末细节，也许和我与福克斯鞋上的泥点、小棍等等有亲缘关系……也许和莱昂的某些细节碎事有联系……因为我猜想，也许正因为这样，我才认为我自己倾向于细节……注意细节……唉，我完全被细节研磨了！……

卡塔霞把烟灰缸推到莱娜前面。

一个滑溜溜、冰凉而无形的东西啪的一下子打在我的嘴上，有一条腿在上面的粗铁丝网上歪扭着，到处静悄悄的，似乎在山洞里……从混乱中，从杂沓中（卡塔霞已经离开），出现了不可抑制地闪耀的嘴儿的星座，闪闪发光。毫无疑问：嘴儿和嘴儿是相关的！

我低垂目光，又一次看见桌布上只有小手，双重的嘴儿双重的嘴唇，如此这般双重无辜受损的清纯，滑溜溜的，我两只眼睛盯住这只小手，等着，这时候，桌子上方汇聚了好多的手，莱昂的小手，福克斯的小手，库尔卡的手，路德维克的手，空中有很多的手……哎哟，一只马蜂！一只马蜂钻进了屋子。飞出去了。手都不乱摇摆了。都落下了，恢复了宁静，我在想这些手会怎么样，怎么回事，莱昂对莱娜说："多重的遭遇。"

"多重的遭遇，把磷棒（火柴）给爸爸。"他常常叫她"多重的遭遇"，或者"小马蜂嗡嗡嗡"或者"小亲亲慢慢"，或者其他稀奇古怪的爱称。库尔卡泡制香草茶，路德维克看报，福克斯喝茶，路德维克放下报纸，莱昂观察——我猜想——这都是怎么回事，例如，很多手在呼叫声中汇聚起来，是因为马蜂呢，还是因为桌子上的那只手……因为从外表上看，无疑这很多的手汇聚起来是因为这只马蜂……但是谁又能保证，这只马蜂不是这些手为了这只小手而蠢蠢欲动的借口呢……双重的意思这个双重性可能和卡塔霞-莱娜嘴儿的双重性联系在一起（有谁说的清？）……也许和面前这小棍儿的双重性……我在遐想。在边缘漫步。在灯光下，也有道路对面的昏暗。睡觉吧。瓶子里面的软木塞。一块软木，贴在这个瓶子的脖子上，它又出现了，有点什么意思……

四

次日到来，闲散又干燥，明朗而闪耀，让人无法集中精神，蔚蓝色的天空上滚动着圆圆的云团，胖胖的，纯净的。我埋头于手稿之中，因为在昨天的一番折腾之后，我心里出现一股严肃感，对胡言乱语的反感，以及禁欲主义。到小棍儿的地点去？看看有什么新情况，特别是在昨天晚餐时福克斯不小心说出我们发现了小棍儿和细线的话……我讨厌这件像一个流产小胎儿一样的事，回不去的。我双手托着头部，努力用功，但是我心里知道，福克斯会代替我去察看小棍儿，虽然他不想跟我说——因为关于这个话题的话早已说完了——但是我知道，他是出自内心的空虚才去那儿，去墙根那儿。我审读手稿，他在屋子里转悠，末了还是走了。他又回来了，和平时一样，一起在我们寝室吃早餐（卡塔霞送来的），他什么话也没说……一直到下午四点钟，午睡醒来，他才说："过来，我给你看个东西。"

我没有回应他——想要羞辱他一下——不予理睬是最刺

激的回应。他收到了羞辱，不吱声，不敢再坚持，但是，过了几分钟之后，我开始刮胡子，刮完的时候才问他：“有什么新情况？”他回答：“也有，也没有。”我刮完脸，他说：“喂，走吧，我给你看看。”我俩走出去了，保持常备的警惕，因为住宅的窗玻璃后面可能有人在监视，我们找到了那根木棍。墙壁发出热气，又飘来一股尿骚味或苹果味，附近有积水和黄色的烂草……遥远，极远的尽头，这是炎热寂静中特殊的生活，一阵嗡嗡声。小木棍还像我们留下的样子，吊在一根线上。

“你看看这个，”工具棚的门打开着，他指着门前一堆垃圾，“你看见了什么？”

“什么也没有。”

“什么也没有？”

“什么也没有。”

“完全是什么也没有吗？”

“什么也没有。”

他站在我面前，感到无聊得很。

“瞧瞧这个单驾横木。”

“什么？”

“昨天你注意到了这根木杆吗？”

“也许。”

“是不是还像昨天那样地放着呢？从昨天起，位置没有变化吗？”

他真是讨人嫌——而且他知道，也不抱幻想——他冒出一股命定讨人嫌的人那种姿态，站在墙根，这一切都是绝对空洞而徒劳的。他还坚持：“你想想看……”但是我知道，他这样坚持，是出于无聊，也让我厌烦。一只黄色蚂蚁沿着破旧的单驾横木爬行。墙头上，某种野草的主茎在空中清晰地飘动，我不记得它，我怎么会记得它呢，也许是车辕改变了姿势，也许没有改变姿势……一朵小黄花。

他不认输。站在我的上方。真是讨厌啊，因为在这样一个偏僻的地点，我们感觉到的无聊所带来的空虚，和这些似有若无信号的空虚汇合，而见证物又不是见证，以及全部这些荒唐——这是两种空虚，而我们就夹在二者的中间。我大大地打了个哈欠。他说：

“细看看这根横木指着什么。”

“什么？”

“指着卡塔霞的小屋。”

是的。横木直指卡塔霞在厨房旁边的小屋，一间耳房，靠近住宅。

“啊……”

“就是的。如果横木没有被触动，就没事，没有什么意义。但是如果受到触动，那就是要把咱们领到卡塔霞那儿去……你注意了吗，有人因为我在昨天晚餐时说到小棍和那根线而领悟到，咱们正在探索，所以夜里到这儿来了，挪动了这根横木，让它对着卡塔霞的小屋。这像是一个箭头。他知道，咱们还会到这儿来察看是否有新的记号。”

“但是你从哪儿知道这根横木有人动过？”

“我也不知道，但是我觉得是这样。木片上有痕迹，横木放得和原来不一样……再看看三个石子……和这三根棍子……和三根拔出来的草叶……和这三个扣子，大概是从马鞍子上掉下来的……你没看见吗？”

“什么？”

“这些东西好像要组成三角形，指向横木……这样的，是让咱们注意横木。这是……也许……你怎么看？”

我的目光离开那只黄色蚂蚁，这只蚂蚁一次又一次出现在皮子碎片中，奔跑，向左、向右、向前、向后，差不多没有听他说话，听了就忘了，都是些蠢不可及的话，可怜，可悲又可怜，羞辱，别扭的处境，难闻的气味，无聊得很，在一大堆碎砖烂瓦和杂烂垃圾上转悠，在墙根下，还有他那只杯子，胡萝卜色的杯子，张着大口，得不到清洗。我又开始解释，有谁会愿意在那儿制造这样不明显的符号，几乎看不出来的符号呢？有谁会指望咱们理会横木方向的变化……有点脑子的人都不会……但是他对我说："谁告诉你说，这个某人是有脑子的？第二件：你从哪儿知道，他制造了多少符号？也许我们只发现了其中一个……"他挥手划了一下花园和住宅："大概这整个地方都堆满了符号……"

我们站在那儿，那儿是一堆脏土，蜘蛛网——我们知道，不能就这样离开这儿。还能干什么呢？我捡起一块砖头，看了看，放下，说："怎么样？顺着横木的方向跟踪吗？"

他笑了一下，有点难堪。

"没有办法。你知道的。为了安宁。明天是星期天，她休假。得检查一下她的小屋，要看看在那儿有没有还没看见的东西……如果没有的话，至少也就不会再头疼了！"

我瞧着这堆碎砖烂瓦，他也瞧着——我似乎要从这堆垃圾里看出不明显的歪斜，嘴儿像猪嘴似的歪斜，而且，当然，看起来好像是，这垃圾，车横木、皮带、脏土，都开始随着旋转滑动的空气跳动，却显出破相的侧影……还跟随着烟灰缸、床上的粗铁丝网和嘴儿开合着……这一切都在颤动、沸腾，波及莱娜，这个情况让我惊骇，因为，我想，不知为什么，我们又要行动，行动中实现……要让这根横木行动起来，我要从旁边接触这个嘴儿，现在，从这堆碎砖烂瓦这儿起，这一点引起了我的大兴趣，因为，我想过，啊，咱们要开始行动，以行动钻进这个谜，是嘛，就是嘛，想办法走进卡塔霞的小屋，搜查、察看、核实！核实！通过行动澄清一切！啊，对了，这是秘密的行动，在夜里，要人不知鬼不晓！

虽然如此，我却没有感到好一些——我俩沿着碎石路回来的时候像两个侦探似的——制定我们计划的全部细节让我保持住了荣誉感，直到次日。晚餐平静，我的视野越来越多地局限于桌布，感觉越来越难以抬起目光来，我盯着桌布，莱娜的手放在那儿呢……今天更稳了，没有明显的颤抖（但是这也可能正好证明，是她支起的横木呢！）……还有别人的手，比如莱昂的手，懒散无力，或者路德维克性感又不性感的手，库尔卡的手，像放在甜菜头上面的一个土豆，一个小拳头从皱皮老太婆似的胳膊上伸出来，在寂静中变得更加不顺眼……在接近胳膊肘的地方尤其不顺眼，那块地方粗糙的红色变成青色和粉色的小湾，又通向其他的小坑。几只手组成的繁复又烦人的组合图形，像天花板、墙壁……一切地方的图形……莱昂的手停止敲打桌面，他用右手的两根手指头夹住左手的一根指头，从侧面细心观看，注意力变成梦境中的微笑。那儿的谈话，当然，都是在上方展开的，在那些手的上方，但是我没有注意听他们说什么，话题很杂；听见路德维克说，请父亲想象一下，有十个士兵，排成一线纵队，要花多少时间才能完成全部可能的组合，例如，第三个位置变成第一个，等等……比方说，一天变一次。莱昂思考了一番："三个月？"路德维克说：

"一万年。这是计算出来的。"

"哟，是啊，路德维克，"莱昂说，"路德维克……路德维克……"他不多说了，坐在那儿，显得严肃起来。似乎觉得，路德维克使用的"组合"这个词语和我感受到的"组合"有某种联系，他提起的士兵组合可能显得就是情况特殊的巧合，因为我也沉湎与如此多重的组合——这难道不是我的忧虑几乎就像用词语表述出来了吗？——唉，这个“几乎”，已经有多次让我焦急又忧虑——但是也应该注意到，关于士兵的这个小故事给我印象深刻，因为小故事和我的种种不安联系到一起，因此我才把它从所谈及的诸多其他事情中取出。这个巧合部分地（啊，是部分地）是我造成的——正因如此，才是困难的，不好对付，是被误导的，而我从来就无法知道自己在何种程度上是我周围组成的这些组合的肇因，嘿，罪犯头上的帽子是摘不掉的！如果考量一下生存的每一个瞬间，有多么巨大数量的声响、形状波及我们……巨大的群体、喧嚣、河流……没有比组合更容易的事情了！组合！这个词儿在一秒钟之内震惊了我，像昏暗森林里的野兽，但是旋即沉入七个人的喧闹躁动之中，这七个人坐在那儿，又吃，又滔滔不绝地说，晚餐延续了下去，卡塔霞把烟灰缸递给莱娜……

“必须解释一切，澄清一切，到达事物的核心。”……但是我不相信，对小屋的搜查会澄清什么情况，只不过是我们明天的计划会允许我们对付这个怪异的情况，这就是嘴儿对嘴儿的依赖，城市对城市的依赖，星星对星星的依赖……说到底，也真的是奇怪，嘴儿要返回到嘴儿，经常地、不断地，一件事把我送回到另外一件，一物后面潜伏了另外一物，路德维克的手后面潜伏了莱娜的手，咖啡缸子后面是酒杯，天花板上小溪后面是一个岛屿，世界真的就是某种帷幕，它表现出来的形象就是不断地在我身旁经过——是诸多器物玩耍用的皮球而已！

突然传来敲打声。

好像是一根棍子打在另一根棍子上——短促、干燥。声响不大——虽然是一个清晰的声音，因为清晰，所以升高到其他声响之上。有人敲打吗？用什么敲打的？某种“这是一个开始”的意念闪过我的脑子，我僵住了，是鬼魂，你就给我出来！……但是这声音消失了，没出什么事，也许是哪把椅子嘎巴响了一声……没什么要紧……

没什么要紧的。次日是星期日，这一天也把杂乱引进我们的生活流程，的确，和每天一样，卡塔霞叫醒我，出自纯粹的友好俯瞰我片刻，但是收拾房间的却是沃伊迪斯夫人本人，她察看每一个角落，手里拿着抹布，嘴里一直述说，在德罗霍贝奇，他们有“一座楼的第一层，设备齐全”，而且出租房间，包餐，或者不包，后来在普乌图斯克“三层的一个舒适单元”里六年，但是，除了固定的房客，还有多达六位“城里”来的包餐客人，多半是老年人，患有不同的疾病，有的要奶面糊，有的要汤，另一个要不能加酸味的东西，末了，我心里说，不行，这样下去可不行了，我对这些老爷子们直说了，看他们那份绝望的脸色吧，唉呀，我们的好店主，那还有谁来照顾我们呀，我回他们的话，诸位都看得见，我太操心了，累得骨头都疼了，为什么非得把自己累死呢，而且我是一辈子都要照料莱昂的；您不知道，他要这个，要那个，没有不要的时候，我真不知道，要是没有我，他该怎么办，一辈子都是不起床先喝咖啡，算他命好，我是个闲不住的人，从早晨到晚上，从晚上到早晨，但是我们过得也不错，到别人家去作客，也欢迎来访的客人；您知道，莱昂的姑姑嫁给了科杰布罗茨基伯爵，可是怎么着呢，我嫁给莱昂的时候，他十二分地看不起，而莱昂自己也怕他这个姑姑，就是，哼，伯爵夫人，所以过了两年也没有把我介绍给他们，可是我说，莱昂，等我给你姑姑拿出点东西瞧瞧；有一次我在报纸上看到，要组织一场慈善舞会，组织委员会里有科杰布罗茨卡伯爵夫人；我跟莱昂什么也没说，只告诉他，咱们一定要参加舞会；其实，先生，我暗地里准备了两个星期呢，两个女裁缝，一个理发师，按摩，为了给自己鼓劲，甚至还请了修脚的医生，跟苔拉借了珠宝首饰；莱昂一看我这个样子，都发呆了，我没事，和莱昂一起进了舞厅，我挎着莱昂的手臂照直向伯爵夫人走去，可是她，您想想，竟转过身子不理我们！她羞辱了我！我冲莱昂说，莱昂，你姑姑摆臭架子呢！接着就吐了一口唾沫；这个莱昂呢，您知道，连一句话也没有，平时他说起话来没完，婆婆妈妈的，可是遇到正经事，话就没了，开始绕弯子，躲躲藏藏；后来，我们搬到凯尔采住，我做果酱，邻居都来访问我们，提前几个月来预订。说到这儿，她沉默了，继续擦桌椅，就好像她什么话也没说似的，于是福克斯问她：

“后来呢？”

她回应说，原来在普乌图斯克的一个房客到这儿来了，有肺病，一天得给他喝三次酸奶，“太讨厌了”……说着就走了。这一切都意味着什么？有什么意思？背后隐藏着什么？一只酒杯吗？昨天我为什么注意了客厅里的一只酒杯呢，放在窗口下面的，旁边有两团毛线——为什么经过的时候我还看了一眼——有什么值得注意的呢——是否该走下去，再看一眼，查证一下呢？福克斯一定也悄悄地查证了，研究了，仔细看过，思考过，他也是脑筋混乱的，混乱得愚蠢。福克斯，是的……但是，我的理由，他连百分之一都没有……

在这些无聊的事情里，莱娜像血液一样循环出现！

我无法抵御的一个印象是，莱娜隐藏在这一切的后面，她追逐我，在羞怯而秘密的推进中奋力……我几乎能够看到她：在这座住宅里转悠，在天花板上画线，摆放横木，挂起棍子，用器物摆出形体，沿着墙根奔走，名副其实地转弯抹角……莱娜……莱娜……在追逐我……也许是请求帮助！胡说！是的，胡说，但是从另一方面看，两个非正常的情况——嘴儿的这个“联系”和这些符号——不是也可能有什么共同之处吗？无稽之谈。是的，无稽之谈，但是我某种强烈的感觉，比如莱娜受到卡塔霞嘴唇的污染，也完全是想象吗？我们只和库尔卡一起吃了晚餐，因为莱娜和丈夫一起去访问熟人，莱昂在打桥牌，卡塔霞星期日休假，早餐后就出去了。

晚餐的佐料是库尔卡没完没了的啰嗦声音——莱昂不在，她的话匣子就打开——又是房客的事，一辈子都得对付他们，先生们不知道房客有多麻烦，有的要吃，有的要睡，有的要灌肠器，有的要加热器……我没听清楚，什么“窑姐儿”……“床后面的瓶子，他都要死了，但是那些瓶子”……“我告诉他，你们这些无常，无常，你知道你的头巾在哪儿”……“我拼死拼活得够了，我又不是钢筋铁骨的”……“一群恶棍，上帝伸出手来吧”……“上帝惩罚这些人渣吧，耶稣”……她一双小眼睛瞧着我们吃东西，胸部靠着桌子，在胳膊肘那儿，皮肤下垂，变成粉红色，就像天花板上只有港湾的小脓包儿逐渐变成了苍白发黄的小岛……“要是没有我，他们早就死了”……“常常在半夜里，有人哼哼着呻吟”……“他们把莱昂抬走，我们把房间出租”……像天花板一样，她耳朵后面有个东西像变硬的小包，树林从那儿开始，起初是两三小圈头发，然后毛发树林开始，灰黑色的，浓密而卷曲，有的地方一丛一丛的，接着变得顺溜，倒伏，脖子上的皮肤突然变得十分光滑，白皙，然后是一个印痕，好像是指甲抠的，下面一片红色，似乎是肩膀上面的红斑，上衣的边缘开始显得破旧，破旧的部分消失在外衣的下面，在下面延展，接上其他的红斑之类……像天花板似的……“我们住在德罗霍贝奇的时候”……“扁桃腺炎、风湿病、肝脏结石”……她就像天花板一样，无法把握，无法穷尽，无法测量，无数的岛屿、群岛、地段……晚餐以后，我们等待着，一直到她去睡觉，大约十点钟的时候，我们开始行动。

我们的行动，会释放出什么现象呢？

强行进入卡塔霞的小屋，没有遇到什么困难，我们知道，她总是把钥匙放在有常春藤掩蔽的窗口。困难在于，我们得不到保证，牵着我们鼻子走的人——我们设想过，有个什么人在牵着我们的鼻子走——没有藏在什么地方，暗地里窥探我们……甚至可能用暴力，谁知道呢？我们花了不少时间在厨房旁边走动，察看有没有人偷看——但是，住宅、窗户、小花园在这深夜里都很寂静，上面覆盖了浓密而又分开的云团，云团中间，新月升起，疾行。狗在小树中间互相追逐。我们惧怕露出可笑的模样。福克斯给我看拿在手里的一个小包。

“那是什么？”

“一个蛤蟆。活的。今天抓到的。”

“又有什么意思？”

“如果有人抓住咱们，我就说，我们悄悄到这儿来，是为了把这只蛤蟆放在她的床上……开一个玩笑！”

他的一张脸是灰白胡萝卜颜色的，像鱼头，都是因为受了德罗兹多夫斯基的气。弄只蛤蟆来，是啊，挺合适的。得承认，这只蛤蟆不算出格，因为蛤蟆的滑溜，正好配上卡塔霞滑溜溜的……但是这只蛤蟆让我又惊奇又担心……尤其是因为这只蛤蟆离那只麻雀不远——麻雀与蛤蟆——蛤蟆与麻雀……这背后是不是隐藏着什么呢？还是有什么意思？福克斯说：

“咱们先去看看那只麻雀。还必须再等等。”

我们去了。在树下，灌木丛中，是熟悉的昏暗与熟悉的气味，我们接近了熟悉的地点，但是我们的目光对着昏暗的挣扎是徒劳的，更可以说这是程度不同的、涂抹一切的大片昏暗——那儿有昏黑的深坑，靠近遭到半生存的状态毒化的其他洞穴、领地、层次，这一切都汇合成为一种限制性的逆反作用。我有一个灯，但是不能使用。麻雀一定就在我们前面，两三步以外，我们知道在哪儿，但是目光却看不到它，因为目光被某种逆反的东西吞噬，这就是昏暗。最后……这只鸟儿朦朦胧胧地出现，像一个形体的中心，黑黑的一团，不比一个梨儿大……吊在那儿……

“在这儿呢。”

在寂静的昏暗中，我们带着的这个蛤蟆蠕动了……没有发出声音，但是麻雀的存在激发出它的存在感，所以表现了出来。我们带着这只蛤蟆……它到这儿来了，跟我们在一起，因为这只麻雀，在这片蛤蟆与麻雀的地域中跟麻雀成了挚友，而且在这儿带给我滑溜溜嘴唇的滑动……这三合一的麻雀-蛤蟆-卡塔霞的小联盟把我推进她的这个宛如小坑的嘴儿，把树丛的黑色坑穴变成她的广口咖啡缸，这缸子有她嘴唇有意挑逗的印记装饰……嘴儿正在逃遁。欲望。低下的情欲。我站着不动，福克斯从树丛里退出，轻声说："没有新情况。"我们退回到道路上的时候，是黑夜，天上有月亮，有镶着银边的云团；月光明亮。行动！冒出一股强烈的行动的欲望，一股扫清一切的风，我准备猛扑一切！

但是我们这次的行动是可怜兮兮的，上帝也要可怜我们的：两个密谋者，带着一只蛤蟆，沿着一根横木指的路线走。我们又一次扫了一眼现场：这座住宅和隐约可见的刷了石灰的小树树干，深处里黑黢黢的大树，小花园展开的空间——我在常春藤后面的窗口摸到了钥匙，把钥匙插在锁眼里，使劲在枢纽处抬高这个门，以免它发出吱扭吱扭的声响。这个时候，盒子里的蛤蟆不再重要了，它先后退一步吧。但是，在门打开的时候，简直是一个又小又低的窑洞，冒出一股令人窒息的苦味气息，有洗衣房、面包和杂草的气味，卡塔霞的这个草窝令我感到兴奋，她翘起来的嘴简直在吸吮我，我必须得小心，不能让福克斯察觉出我呼吸变得急促。

他拿着手电筒和蛤蟆进去了，我站在半开的门口放哨。手电筒用手帕遮住，微暗的光掠过床面、橱柜、小桌、废纸篓、衣物架，依次照亮不同的地方，角落、内衣、杂物，一把旧梳子，一个小镜子，放硬币的小盘子，灰色的肥皂，一物接着一物，一物又一物，和在电影里一样，而在外面，天上一团乌云跟随着一团乌云——我站在门口，在两个行进的队伍之间：杂物与乌云。虽然小屋里的每一件东西都是她的，卡塔霞的，但是，作为一个整体，却从她身上取得了某些因素，成为她的某种替代物，第二种的存在——我跳过福克斯的手电筒侵犯了这一存在状况，虽然我自己站在旁边当看守。侵犯得很缓慢。光点移动，跳跃，在某一物件上暂停，好像考虑了一下，重又掂量，择取，在顽强地寻求污秽——我们寻找的就是这个，探寻的就是这个！污秽！蛤蟆还在盒子里，他把盒子放在桌子上了。

女仆的自卑感，来源于这肮脏的和掉齿的梳子，沾了油污的小镜子，薄而潮湿的手巾——一个女仆的家什，虽然是城市的家什，却还有农村的性质，简朴，我们都用手指头摸摸、按按，需要触及这滑溜溜的、上翘的罪孽——潜伏在这儿，在这个嘴儿似的窑洞里的罪孽，虽然罪孽的痕迹被遮盖……我们在暗中摸索淫秽、反常现象和低下做法。肯定藏在这儿呢！忽然，手电筒光线遇到了橱柜后面的一张大照片，卡塔霞从相框里向外张望……嘴儿没有受损！唉呀，奇迹啊！

纯洁无辜的显出善心的嘴儿！

这是一张年轻得多的圆脸！卡塔霞身着盛装，上衣开口稍低，坐在棕榈树下的一把椅子上，椅子后面可以看到一艘船的船头，一个敦实的留胡子的车夫拉着她的小手，这个男人的衣领僵硬……卡塔霞笑得很愉快……

夜里醒来以后，我们可以发誓，窗户在右边，门在脑袋后面，只要有一个方向的标志就够了，例如窗户上的微明，钟表轻微的滴答声，足以让一切在我们头脑中立即定位。现在怎么样呢？现实以闪电般的速度降临——一切恢复正常，似乎是为了响应秩序的呼吁。卡塔霞：一位可尊敬的女仆，在一次汽车事故中上唇受损；我们：一对狂热分子……

我感到气馁，瞧了一眼福克斯。虽然我这样，他还是继续搜查，手电筒重又闪亮，桌子上有账本、丝袜、圣像、基督和圣母，一束鲜花——但是这种搜查有什么意思？不过是装模作样罢了。

“准备好，走吧，”我小声说，“走。”

从被照亮的物品上，污秽欲望的机遇全部消失，但是照亮的做法本身却变得污秽——摸索、探寻，带有自杀的性质——我们两个人在这间小屋里，就像两只淫荡的猴子一样。他露出糊里糊涂的傻笑回复我瞪他的这一眼，又继续拿着手电在小屋里转悠，看得出来，他脑子里一片空白，空白、空白、空白，就像一个明知丧失了所携带的全部东西的人，还依然继续往前行走……他在德罗兹多夫斯基那儿的失败和这次的失败搅和在一起，成了一个大失败；他露出一股色迷迷的、妓院里的那种微笑，偷偷地瞧卡塔霞的丝带、棉花球、脏袜子、杂物架、小窗帘，我站在阴影里，他的一举一动却都看见了。仅仅是出于报复和面子，就以自己的淫荡来报复卡塔霞不再淫荡的事实。手电发光，围绕着一把梳子、一只鞋的后跟旋转……一无所获！白费！一切都毫无意义，慢慢地散落，就像一个包裹，因为捆扎的细绳被剪断，东西散落一地，无动于衷，我们的性欲萎缩，危险的时刻到来，这就是：不知如何是好。

这时候我注意到了一点东西。

真实可以说没有什么，但是也可能还不是什么都没有。最真实的是无足轻重……但是无论如何……

就是说，他照亮了一根针，而且这根针还插在桌面上。

这本来也许不值得注意，但是此前还有一个情况：我注意到了一件更奇怪的小事，就是说，一个钢笔尖插在一块柠檬皮上。所以，他用手指触摸这根插在桌面上的针，我顺手抓住他的手，把手电对准这个钢笔尖——目的也不过是：既然上这儿来一趟，也得做出一点调查研究的样子。

但是手电开始灵活移动，很快就发现了一样东西：抽屉柜上面有一个指甲锉子。锉子插进了一个硬纸板箱。刚才我没有注意到这个锉子，是手电筒把它展示给了我，还似乎问我："你看怎么样？"

指甲锉——钢笔尖——一根针……现在，手电筒像一条狗一样，发现了痕迹，从一物跳到另一物，于是我们又发现两个"插入"实例：有两个别针插进硬纸箱。事情不大。事情不大，但是，在我们所处的困境中，却提出了新的行动方向，手电筒跳跃着察看……又发现了东西……一个钉子钉在墙里，但是奇怪就奇怪在离地板只有两三厘米。不过，钉子的怪诞本身还不是充分的，我们照亮这个钉子是一种冒犯……什么也没有……没有……我们还在寻找，但是寻找已经穷尽，在这个憋闷的地窖似的小屋里，一切都在解体……手电的微光终于熄灭……下一步呢？

他推开门，我们开始后撤。在出门之前，他短暂照亮了一下卡塔霞的嘴儿。我靠在窗户凹处，手忽然摸到一把锤子，便悄悄说“锤子”，肯定是因为和被钉进墙壁的钉子有关系。管它呢。走。我们关上了门，把钥匙放在原处，在涌动的云团穹隆下面，他低声沉吟：“风儿向上飘起。”他这个倒霉蛋，招人骂、讨人厌的东西，我干吗跟他在一起，这是我的过错；反正都一样，住宅在我们面前静静伫立，道路对面高高的云杉树伫立，像电线杆子一样，小花园里的小树伫立，我忽然想起舞厅里音乐一下子停止，一对对舞伴站住不动——真显得愚蠢之极。

怎么办呢？回去睡觉吗？一股已经完结的感觉向我袭来，我感到一切都羸弱无力。甚至感觉都没有了。

他转身对着我，刚要说话，突然一阵强有力的、很大的敲击声打破了这沉静！

我惊呆了——这声响来自住宅后面，道路那个方向，这发狂的敲击声响，有人在敲打！听着是用锤子敲打！锤子愤怒的敲击，打铁似的沉重声音，一次接一次，叭、叭、叭，狠狠的，竭尽全力！万籁俱寂的深夜里，这打铁似的声音十分惊人，声音好像来自这世界之外……是冲我们来的吗？我们躲到墙根下面，因为这敲击声和周围的一切都联系不起来，所以一定是瞄准了我们的。

叭、叭、叭地敲击。我望了望墙角外面，拉一下福克斯的衣袖。那是库尔卡夫人。

库尔卡夫人！她穿着袍子，袖子肥大，她喘着气，把锤子，或者一把斧子，举得高高的，使劲砸一个树桩，发疯一样。是往树桩是钉什么吗？往上面砸什么东西吗？为什么要砸呢，而且绝望了似的，恶狠狠的……这个锤子，是外面留在卡塔霞小屋里面的吗……现在在这儿耀武扬威的，制造出钢铁的咆哮！

我们从小屋里出来的时候，我的胳膊肘无意中碰着的小锤子，变成了一把大锤子，别针、普通的针、钢笔尖、被砸进去的钉子，在突然的打击之下，最大程度地砸了进去。我一想到这层关系，就赶快驱散这荒唐的想法，但是就在这个时候，另一个敲击声，好像什么轰然垮塌声传来……从住宅内部……从上面，从二楼传来，更迅速，频率更高，伴随着那一方面的敲击，确认往下砸的动作，快要崩裂了我的脑壳，这是夜间迸发出的恐慌、疯狂，简直就像地震一样！是从莱娜房间里传来的吗？我脱离了福克斯，奔跑回了住宅，踏上楼梯……是不是莱娜呀？

但是，在急速爬上楼梯的时候，一切骤然寂静——到了二层，我站住了，气喘吁吁，因为驱赶了我的轰鸣声骤然结束。一片沉寂。一个沉稳的念头油然而生，完全是安宁的，赶快安静下来，直接回寝室吧。但是莱娜房间的门，楼道里第三个房间，就在我的眼前，而我脑海里还是一片打夯般的锤打声、硬砸声、轰鸣，大锤子、小锤子、细针、钉子、钉进去、钉进去的乱哄哄的声响，一直要轰隆到莱娜那儿，轰隆到她那儿去……结果，我一下子扑到她的房门，用拳头猛砸房门！用尽全部的力气！

一片寂静。

我忽然想到，如果门开了，我就喊“有贼！”，也算给自己打圆场。但是，没有动静，恢复了寂静，什么也听不到，什么也没有，什么也没有，我蹑手蹑脚地、急急忙忙地退去，下楼。楼下也是一片寂静。空荡荡的。一个人也没有。福克斯不在，库尔卡也不在。莱娜房间里没有人回应，这容易解释，他们不在，出访还没有回来，杂乱声音不是从那儿来的——但是福克斯藏到哪儿去了？库尔卡呢？我绕过住宅，贴着墙壁，不让他们从窗户里面看见我——喧嚣声消失得无影无踪，剩下的只有树木、小路、碎石，在这奔驰的月光下。福克斯到哪儿去了，我几乎就要一下子坐下、大哭一场。

我突然看见，二层的一个窗户亮了——那是他们的房间，莱娜和路德维克的。

嘿嘿，原来他们在那儿呢，听见我砸门的声音了！那他们为什么不开门呢？我怎么办？又没有可做的了，不是等于失业了吗。那怎么办啊？怎么办？回寝室脱衣服、睡觉吗？要不，就在这儿打个埋伏？怎么办？怎么办？他们二层房间的窗户没有拉上窗帘，露出了灯光……而……而……而在对面，在篱笆外面，正好有一棵枝繁叶茂的云杉树……我要是爬上树，也许就能看清楚……这个念头荒唐，但是这个念头的荒唐符合刚刚告一段落的荒唐……别的，我还能干什么呢？

所发生的事造成的喧嚣和混乱促成了我的这个念头，这个念头在我的面前，就像这棵树一样，在我面前是没有其他的东西的。我来到道路上，穿过道路，走到这棵树的树干前面，开始爬树，十分费劲，树皮又粗又刺人。我是在打通通往莱娜的道路！那边轰击声响的残余依然在我脑海里跳动，我又向它凑近……那儿的一切，奔赴莱娜，是我面临的主要任务，唯一的任务，卡塔霞的房间、照片、别针、库尔卡的敲打，都向后退去。我爬树爬得很小心，从树枝到树枝，越爬越高。

爬树很不容易，费了很多时间，而好奇心变得更加强烈：一定要看见她，一定要看见他——看到她跟他在一起——想看到什么呢？……在这喧嚣和敲打声之后——能够看到什么呢？不久前我在莱娜门前感受到的震颤依然在疯狂地延续。我看到了什么？我的目光已经扫过窗台和墙壁上面的一部分，还有那盏灯。

我终于看见了。

我震惊了。

他正在给她看一把铁壶。

一把铁壶。

她坐在一把小椅子上，靠近桌子，浴巾披在肩上，像一块披肩。他站着，穿了件背心，手里拿着茶壶，正在给她看。她看茶壶。她说了句什么话。他在说话。

一把茶壶。

我为一切做好了准备。唯独不是为了这把茶壶。应该明白，溢出茶杯的是一滴什么水，“太多”的含义是什么。存在着某种现实过度、现实膨胀到不可忍受的情况。有许多物件我无法全部列举：细针、蛤蟆、麻雀、小棍儿、横木、钢笔尖、软木塞、硬纸板，等等；烟囱、裂纹、排水渠、手、面包球，等等，等等；泥土块、铁丝网、铁丝、床铺、石头子儿、牙签、鸡、瘊子、港湾、岛屿、针，等等，等等。令人厌烦，令人厌腻，现在又出现了这个铁壶，跟小盒里窜出来的小鬼儿一样，无缘无故地跳出，混乱的奢侈，杂乱的豪华。够了，够了。嗓子发紧。这样的东西我吞咽不了。我对付不了。够了，够啦。回去。回去吧。

她拿下浴巾。她没有穿外衣。裸露的胸部和双肩击中了我。她赤裸着上身，开始脱去长袜，她丈夫又说话了，她回答，同时脱下另一只袜子；他一只脚搁在椅子上，解开鞋带。我延缓了后撤，心想，现在一定要看清楚她怎么样，赤裸着身子要跟他干什么；她是不是罪恶的、下流的、肮脏的、滑头的、神圣的、温柔地、纯洁的、忠诚的、清新的、吸引人的，也许还是风骚的？也许是平易的？深刻的？或许不过是顽固的、失望的、寂寞的、无动于衷的、热烈的、狡猾的、邪恶的、天使般的、怯懦的、无礼的？我等着瞧呢！已经露出大腿，一下，两下，我立刻就知道了，我最后一定会知道一点情况，终究会露出来的……

一把茶壶。

他从桌子上拿起茶壶，放在架子上，走到门前。

熄灯。

我密切观察，虽然什么也看不见，名副其实地视而不见，眼睛盯着洞穴里的黑暗，但是我依然在观望，看他们能干什么。正在干什么呢？怎么干的？在那儿什么事都能干的。没有手势，没有接触，都是不可能的，的确是伸手不见五指，她挣扎了，或者没有挣扎，或者害羞了，或者做爱了，或者什么也没有，或者有点别的事，或者有下流事，威胁，我是永远也弄不清楚的。我开始慢慢从树上爬下来，心想，如果她是一个小孩，长了一双蓝眼睛，也会变成怪物的——蓝眼睛的幼稚怪物。谁知道啊。

她的事，永远也弄不清楚。

我从树上下来，拍了拍身上，慢慢走回住宅；天上是一片奔驰景象，整团整团的乌云飞奔，鬃毛飘起，那光亮边缘的白色，核心的黑色，一切都在月亮的下方奔跑，而月亮也在奔驰，浮出、滑行，变得昏暗，又完美地浮现，穹隆被两种矛盾的运动拥抱，加速的寂静——我一面走一面想，顺便说要把一切都投给魔鬼，摆脱全部这些底货，说“我得过去”，因为，归根结底，从照片可以看出，卡塔霞的嘴唇遭受了机械的损伤。这跟我有什么关系？

而且，还有这把茶壶……

我为什么需要这两张嘴的结合——她的嘴和卡塔霞的？以后我绝不这么干了。放下不管。

我走到露台。回廊上有一只猫，莱娜的猫，达维戴克；这只猫一看见我就站了起来，伸直了腰，意思是让我抚摸它。我一把抓住这只猫的脖子，我开始掐它，我手里干的事像闪电一样迅速，不过我还是想到，要住手已经来不及，太晚了，于是我拿出全部的力气用两只手掐。把它掐死了。它瘫软了。

现在该怎么办，下一步该怎么办，我站在露台上，手里提着这个被掐死的猫，得先处理这只猫，把它放在什么地方，藏起来吗？可是，不知道藏在什么地方。掩埋起来吧？可是谁在半夜挖坑？扔在道路上，好像被车压死的——要不然扔在灌木丛里，那只麻雀所在的地方？我反复考虑，这只猫变得越发沉重，我还是决定不了；四处静悄悄的，但是，忽然一根结实的细绳映入我的眼帘，这根细绳把一棵小树——刷了白灰的——捆在一根支撑用的木杆上，我做了一个套环，四下里张望一下，看看有没有人瞧见（住宅里的人都在酣睡，谁也不会相信，刚才这儿喧闹声大作），我想起来，墙上有个钩子，不知道是干什么用的，大概是挂洗干净的衣服用的，于是我把这只猫提到那儿去，不远，离露台大约二十步，把它挂在那个钩子上了。吊在那儿，和麻雀、和小棍儿一样，完成了这个画面。现在干什么呢？我已经疲惫不堪，有点害怕返回寝室，如果福克斯正好在那儿，而且没有睡觉，他会刨根问底的……但是我轻轻开门一看，他睡得死死的。我也倒头便睡着了。

五

卡塔霞在我脑袋上方没完没了地絮叨说，真的是太缺德了，有人把达维戴克这只猫吊死了，吊在小花园的一个钩子上，谁吊死莱娜这只猫的，可恶的东西，要受到上帝的惩罚！这几句话猛地把我惊醒。猫被吊死了。我吊死了猫。惊慌之中，我扫了一眼福克斯的床，床是空的，显然他已经去看这只猫去了，这就给了我一点独处的时间，来对付……

这个新闻令我吃惊，好像吊死这只猫的不是我。从睡梦中一下子惊醒，就听说这样难以相信的事，上帝呀，我为什么要掐死这只猫呀？现在我想起来了，在掐死这只猫的时候，我也感受到了同样地向莱娜的冲击，就是猛砸莱娜的房门——是的，我用掐死这只心爱的猫的办法来冲击她——只能是在疯狂的发作时刻干的！但是为什么又把它吊在那个钩子上呢，多么的轻浮，多么的糊涂！而且，不仅如此，我思考了这个糊涂行径，也没穿好衣服，带着我在镜子里看见我痉挛的脸上可疑的微笑，我感受到的满足和迷惘一样多，好像胡闹了一阵似的。我甚至轻声说“吊起它来”，感到欢乐和享受。怎么办？怎么脱身？他们在楼下一定正在变着法子琢磨这件事呢——没有人看见我吧？

是我掐死了这只猫。

这个事实弄得我六神无主。猫被掐死了，吊在钩子上，我也到了山穷水尽的地步，只好硬着头皮下楼，假装一无所知。但是，我到底为什么要掐死它呢？这么多的事情堆在一起，这么多错综复杂的情况：莱娜、卡塔霞、记号、敲击，等等等等，比如那个蛤蟆啦、烟灰缸什么的，我迷失在这混乱之中，我甚至想到，也许就因为那把铁壶，因为事儿太多，我才杀死这只猫的，由于车上多套了一匹马，这个杀猫事件，就像茶壶一样，是多余的。不对，这不是实情！我掐死猫，跟茶壶没有关系。和什么有关系呢，要把猫和什么联系起来呢？我没有时间思考，我必须下楼，面对这个场面；这个场面，即使没有这个猫的事，也是可怕的，充满了昨夜那些奇奇怪怪的事……

我走到楼下。下面空空荡荡的，我想，人都在小花园里。但是，还没有走到露台的门前，透过窗帘我看了一下外面。那堵墙。墙上是猫的尸体。吊在钩子上。他们大家都站在那堵墙前面，其中有莱娜——从远处看显得很小，看着像一个符号。让我走到露台上去可不是容易的事，因为这等于走进不可知的领域……如果有人看见了我，如果过一会儿我得瞎扯几句什么，怎么办？我已经是羞怯得晕头转向了。我沿着弯曲的碎石路慢腾腾地迈步，天空好像是菜汁的颜色，太阳化解成为一个发白的怪物，又是炎热的一天，这是什么样的夏天啊！我渐渐走近，猫也渐渐变得清晰，舌头从它嘴的侧面吐了出来，眼珠子要跳出眼眶……吊在那儿呢。我想到，如果这不是猫，也许就好一点，猫的本性是残忍，猫柔软、毛茸茸的，好像就要乱叫乱抓，发出可怕的嘶嘶的声音，是的，嘶嘶的声音，猫是让人给它抚摸后背梳理毛皮的，但是也欠打欠揍，说是小猫，却是老公猫……我慢慢走，有意拖时间，因为看到了我昨天夜里行动的所在地而感到惊奇：当时看不太清楚，又夹杂了夜里那些影影绰绰的怪事。看起来人人都是懒洋洋的，他们也是懒得迈步，而福克斯正弯着腰细看那堵墙和墙根的地面，让我觉得可笑。但是，莱娜的美貌令我着迷，这样的美貌突如其来，见所未见，我在惊惶之中想到，她怎么从昨天到现在突然漂亮了起来呢？

莱昂双手插在衣袋里，问我："您看，这是怎么回事呢？"一缕抹了发膏的头发突兀出现在他的秃顶上面，像轮船的船头。

我松了一口气。他们不知道是我。没有人看见。

我对莱娜说："真是不幸啊！"

我瞧了她一眼，她穿了柔软的咖啡色上衣，蓝色的裙子，心事重重的神态，嘴儿很柔和，双臂贴着身子，像新兵似的……她的手掌、脚掌、鼻子、耳朵，都小，太小了。这一切本来是令我反感的。我掐死了她的猫，动手残酷、力量凶猛，可是她这双脚，却这么纤小！

可是我的凶狠变成了满足。因为她，请理解我的话，因为，对于她的猫来说，她太细小了，她为此而感到羞怯，我很有把握，她为这只猫感到羞怯！唉！对于一切的事物，她都太细小了，小了一大块，她只适合于爱情，没有别的，所以她为这只猫感到羞怯……她知道，凡是跟她有关的事，都必定具有爱情的含义……即使她没有猜测是谁干的，也会因为这只猫感到羞怯，因为猫是她的猫，跟她有关系……

但是她的猫也是我的猫，我掐死的……所以是她的和我的。

令人得意吗？令人作呕吗？

莱昂问道：

“您没听说什么吗？是谁，怎么弄的？您没有注意到什么吗？”

不，不知道，昨天我出去散步，到很晚的时候，回来已经十二点多了，直接进了露台，不知道猫是不是已经被吊在那儿——随着我这样当面说谎，心里感到一阵愉快，因为我在误导他们，不再和他们站在一起，而是抵御他们，站到另外一面去了。就好像这只猫把我从硬币的一面转移到了另一面，发生了秘密事件的一面，有象形文字的一面。不，我不再跟他们在一起。眼看着福克斯在墙根细心寻找线索，听我睁着眼睛说瞎话，我差点露出笑容来。

这只猫的秘密，我是知道的。肇事者就是我。

“吊死了！谁把猫给吊死了！”库尔卡愤怒大叫，却又突然住口，似乎出了什么事。

卡塔霞从厨房里悄悄地出来，绕过花坛向我们走来。她“受损的”小嘴儿像这只猫的嘴——我觉得，她这样走的同时，必定觉得自己带着一点跟这个猫的嘴有点亲缘的东西，这一点给我带来瞬时的满足感，似乎我这只猫更稳固地站在了那一方面。嘴唇向公猫凑去，她天真无邪的照片引起的全部疑团顿时消散，她带有滑溜溜斜线的嘴唇靠近，歪斜而低俗，出现了类似的奇异的污秽色彩——深夜里一阵黑暗的寒噤掠过我的脊椎骨。同时，我的目光没有离开莱娜——我感到惊奇，莫名震撼和激动，也许还有欣喜，因为我觉得，莱娜的羞怯感随着卡塔霞的嘴唇上升到这只猫的上面而加强。羞怯感有一种奇异性，一种对抗的性质，它虽然对某物戒备，却依然将其吸引进最具个人性质和私密的层次中去。现在莱娜就是这样，她为这只猫和嘴唇与猫感到羞怯，却把这一点引进自己私人秘密的意境中去。由于她的羞怯，猫和嘴唇结合起来了，好像一个轮齿和另一个轮齿咬合。但是我无声的凯旋呼声和呻吟声结合了起来，这清新而真率的美丽竟然能够吞饮这污秽，真是魔鬼的奇迹……用她的羞怯感来确认我的幻想！卡塔霞手里拿着一个盒子：我们那个装了蛤蟆的盒子！嘿呀，我们离开的时候，显然福克斯没有把它带走！

“我在小屋里看到的，放在窗台上的。”

“盒子里是什么？”

“一只蛤蟆。”

莱昂挥动双手，但是福克斯开始干预，而且很有气势。“请原谅，”说着，他接过来卡塔霞手里的小盒子，“这个，以后再说吧。能解释清楚。现在，我想恭请大家到餐厅里去。我想说几句话。先把猫的事儿放下，等我再细看看。”

这头野驴要扮演侦探的角色吗？

大家都向住宅方向走去，我，库尔卡夫人，她不说话，不高兴，十分恼怒，莱昂无精打采的，一缕头发支棱着。路德维克不在场，要到晚上才能从办公室回来。卡塔霞去了厨房。

“诸位，”在餐厅里，福克斯开口，“应该坦诚。事实是，这儿出了一点事。”

是德罗兹多夫斯基，该忘记的就是德罗兹多夫斯基，但是可以看出来，他扒住了这个，无论怎样，都要推动这件事。“是有一点事。我和维托尔德先生来到这儿以后，就感觉有点什么事，可是说出来又不方便，因为不确实，只是印象而已……但是，总之，应该坦诚。”

“我想说，”莱昂开始说，“请原谅，”福克斯打断了他的话，提示说，刚来到这儿的时候，就第一次发现了被吊死的麻雀……无疑这是一起引人猜疑的现象。他叙述说，后来我们如何侦察到了迹象，例如我们寝室天花板上的箭头。是不是箭头，也许是幻觉，特别是前一天我们在这儿也想象出来一个箭头，大家还记得吗？……箭头，或者铁钩子……总之，也不排除自我暗示，值得注意！可是，出自好奇心，诸位，因为好玩，我们决定侦察一番。

他描述我们的发现，小棍的位置，墙上的裂纹，于是闭上了眼睛。“嗯……设想一下吧……吊着的麻雀……吊着的小棍儿……有意思……如果说这些还不是箭头所指的事物……”

一想到吊起来的猫，我就反倒窃喜：像小棍儿，像麻雀——这个雷同的现象让我感到欣喜！莱昂站起来，立即要去看那根小棍儿，但是福克斯挡住了他。“等一等。等我把事儿说完。”

但是，他的叙述混乱起来，蜘蛛网似的各种猜想和类似的情况把他搅糊涂了，片刻之间他甚至自嘲起来，对我傻笑，却又严肃起来，以朝拜者的疲惫口气说横木的事，横木指向……“诸位，查一查有什么不好呢？我们既然查了箭头，也可以查横木嘛。我们不过是……查查而已。以防万一。倒不是因为我们不相信卡塔霞……只不过是要查查！而且，为了预备万一出现什么情况，我把一只蛤蟆放在小盒里了，这是为了如果有人抓住了我们，我们可以拿它开个玩笑呀。离开时我忘了带走，所以卡塔霞送来了。”

“蛤蟆。”库尔卡说。

他叙述我们的调查，我们调查了，调查没有结果，没有，没有什么，大家可以想象，不过，到最后，我们遇到了一个细节，无足轻重的细节，是的，完全是三流的，对啊，是啊，但是重复出现了多次，多得没有什么必要嘛……诸位评价一下吧，让我列举一下……于是他开始朗读清单，但是信心不足，有气无力！

插在桌面上的一根细针，

插在柠檬皮上的一个钢笔尖，

插在小盒上的一个钉子，

插在硬纸板上的一个别针。

钉在墙上的一根钉子，就在地板上面。

哎哟，这一连串的罗列耗尽了他的精力，他感到疲倦、无聊，深深地吸了一口气，摸了一下突兀眼睛的边缘，像一个信仰破裂的朝拜者，而莱昂把一条腿放在另一条腿上，这是他表示不耐烦的习惯动作，于是福克斯感到担心，他本来就对自己缺乏信心，德罗兹多夫斯基耗尽了他的自信心。我又一次无名火起，怎么会在这件事上跟他纠缠在一起，我在华沙是有工作、有家庭的人，他真是令人扫兴、令人厌恶，活造孽，拿他没办法……

“细针、柠檬皮……”莱昂嘟囔着。没有说完，但是这已经够了：细针、柠檬皮，荒唐、荒唐，一大堆垃圾，我们站在垃圾堆上，像两个收垃圾的。

“您别急！”福克斯喊道，“要紧的是，我们从那儿回来的时候，您，”说着他转向库尔卡，“也在砸什么东西呢！用锤子！砸那个树墩子，篱笆旁边的。使出全部的力气！”

他扭脸看了一眼旁边。整了一下领带。

“我砸东西了？”

“是您。”

“那又怎么了？”

“就像那些东西都插进去了，您也把东西砸进去了。”

“我没有把东西砸进去，不过是敲树干呢。”

库尔卡夫人搜索枯肠，找话作答，拿出殉道者的耐心。

“莱娜，好孩子，说说，我为什么要砸树干。”

那声音不像是她的，陌生而冷，她的目光透露出“我忍得住”的意志。

莱娜蜷缩起来，像是有动作，其实没有，就像蜗牛，或者含羞草，一受到触摸，就后退，或者蜷缩起来。

莱娜咽了一下口水。

“莱娜，说实话。”

“每隔一段时间，我妈就……这是一种发作。精神上的。过一段时间发生一次。她随便拿起一件东西……来解脱、发泄。她要敲打。如果是玻璃，也要砸碎。”

她在说谎！不不不，没有说谎！她的话既是实情，又是谎言。是实情，因为符合实际。是谎言，因为从实际情况来看，她的话（我已经知道）并不重要，说它重要，是因为这话是她说出来的——跟她的目光和气息一样。她的话吞吞吐吐的，由于她的娇艳而不太可信，令人惊骇，似乎悬在空中……如果不是母亲，还有谁能够感觉出这种勉为其难的窘境？库尔卡夫人赶紧出来解释女儿的坦言，用的是一位年老妇女更讲求实际的语言。

“先生们，我干粗活，一天接一天，一年接一年。从早到晚。受苦受累。先生们都认识我，又沉稳，又会办事，有教养。可是，一旦这个平静忍不住了……我就见什么操起什么。”

她沉吟一下，又郑重地说：

“见什么操起什么。”

突然，她忍不住了，大喊起来，发作起来。

“见什么操起什么！”

“库尔卡。”莱昂刚开口，她立即大嚷：“见什么操起什么！”

“操起什么？”莱昂说，她又呼喊：“操起什么来？见什么操什么！”说完就安静下来。

我也安静下来，坐下。

“这是可以理解的，”福克斯说得彬彬有礼，“完全是理所当然的……这么多的工作和难题……紧张，是的，是的！……可以这样解释啊……但是接着又传来了另一阵敲击声，似乎是从二层传来的……”

“是我。”莱娜承认。

“是她。”库尔卡夫人耐心地说，她的耐心是无限的，“她一听见我有个动静，就跑过来，拉住我的胳膊，或者自己发出声响。为的是让我清醒过来。”

情况解释清楚了。莱娜还提出几个细节。他们刚刚和路德维克回来，她就听见了母亲敲击的声音，于是立即拿起丈夫的一只鞋（丈夫当时在洗澡间），用它来敲打桌面，后来又敲打箱子……一切都澄清了，这一夜的谜都在枯燥的解释中得到谜底——我不感到惊奇，我是有准备的，然而，这是悲哀的，我们所经历的事件都从手里溜走，像碎片一样，像碎片一样，这一切都堆在我们的脚下，细针、钉子、锤子、裂缝……我看了一眼桌子，看到了托盘上的玻璃水罐，半月形的刷子，莱昂的眼镜（他阅读时候用的）和其他物品——都是散漫无力的，好像都已经咽了气。都显得冷漠。

伴随物品的冷漠的还有人的冷漠，冷漠得已经不友好，接近于排斥，好像我们惹人家讨厌似的。但是意识到了那只猫，感到放心一点——还在那边的墙上，但还是有点吓人，它那张嘴还是咧着。综合考虑之余，我想到，虽然我们的两次喧闹声都有始无终，但是我的袖口里还有一个声响，不太容易解释，甚至是恶意的声响，十足的恼人……我猛砸她的门，她怎样对付呢？

我问莱娜……“楼上有两次砸门声，对吧？……一次接着一次。我是知道的，因为第二次砸门的时候，我正好在大门那儿，”我说了一句谎话，“第二次的声音不一样。”

砸门！砸她的门！在半夜，我砸她的门！我把弦拉得太紧了？她怎么回答呢？我似乎又站在她的门前猛砸……她是不是想到有人砸门呢？为什么关于这个事她连半句话也没有呢？

“第二次的声响？……啊，是的，等了一会儿，我又开始敲打……用拳头砸百叶窗……当时我担心呢。不知道我妈安静下来没有。”

她在说谎。

出自羞怯感，也许她猜到是我？……那好，可是路德维克呢……因为路德维克是跟她在一起的呀，听见了我打门，为什么不开门呢？我问：“路德维克先生呢？不是跟您在一起的吗？”

“路德维克当时在洗澡间。”

嘿，路德维克在洗澡间，她一个人在房间里，我开始砸门，她不开——也许她想到是我，也许没有——不管怎样，她知道，无论是谁打门，都是打她房间的门。不开，因为害怕。现在却说，是她在敲打！啊，幸福，凯旋，我的谎言砸成了她的谎言，我和她两个人因为说谎而结合在一起，而且，我凭谎言进入了她的谎言！

莱昂返回到原来的问题：

“谁把猫吊死了？”

他客客气气地提示，不值得再多谈论那些敲打声音了——已经说明白了，而且，对于这个话题，他也无话可说，他的桥牌游戏是在凌晨三点钟结束的——但是，是谁把猫吊死的，为什么要把猫吊死？……他以强调的语气问，这语气虽然没有特别暗指什么人，却悬浮在空中：“是谁吊死的？我就这个问题，是谁？”

“谁把猫吊死了？”他问得认真，问得也有道理。他坚持提问，开始令我感到不安。库尔卡夫人忽然自言自语地说：

“莱昂。”

但是，如果是她呢？如果是她谋杀了这只猫的呢？我知道是谁杀死这只猫的，是我杀死了这只猫——但是她这个“莱昂”把别人的目光都吸引到了她自己的身上，而莱昂强调的语气似乎找到了恰当的方向，也落在她身上。无论怎样，我还是觉得，可能是她，既然她在疯狂状态下挥动铁锤敲打，凭这股疯劲儿，就可能把猫……而且这可能发生在她身上，她四肢短小，关节粗大，身躯短粗、敦实，蕴藏了大量的母爱——是的，可能是她——这一切加在一起，身躯、四肢，等等，是可能掐死这只猫、又把它吊起来的！

“滴——里——里！”

莱昂哼起小曲来。

……这个小曲儿包含了暗藏的欣慰，虽然立即停了……听着狡黠……这股狡黠意味……

欣慰，是因为这“咕咕叫的胖墩儿”库尔卡受不了他的追问，那加重的语气又落在她身上，她终于吸引了众人的目光吗？……所以，也许可能是他，而不是别人，是的，可能是他，怎么不会呢……而那些面包球，他摆弄那些面包球，弄着玩，用牙签挪动，嘴里还哼着小调儿，用指甲抠苹果皮，他的“思考”和联想……他怎么就不会把猫掐死并把它吊起来呢？是我掐死的。是的，我把它吊起来的但是他可能……可能把它吊起来，现在可能因为陷在困境而窃喜！即使他没有吊死这只猫（因为是我把它吊死的），反正也可能吊死那个麻雀的……还有那根小棍！

因为，看在上帝的分上，这个麻雀和小棍还一直都是个谜，就因为是我吊起来这只猫的！这两个东西都还在那儿吊着，在边缘地点，就像两个黑暗的中心！

黑暗！我需要黑暗！我需要黑暗就跟需要把黑夜延长一样，因为在黑夜里我可以猛劲敲打莱娜的房门！而莱昂也为我变成了一部分的黑暗，暗示提供淫乐享受和游玩的机会，而且都隐蔽起来，封闭起来，在这座受尊敬住宅的荒原上展开——要不是他因为害怕露出破绽而半截中断了小调儿，这也就不太像是真的……他那个“滴——里——里”曲调显示得意吹口哨的流氓气，为他老婆感到十足满意……福克斯是否领悟到，这个尊贵的父亲和丈夫，闲居在家的退休银行家只关注打桥牌，在一家人餐桌旁聚会的时候，在妻子的门前，只专心他个人的玩耍……而且，如果他玩面包球，那为什么不会在天花板上划箭头做暗号呢？还有其他不为人知的游戏呢。

思想家！……怎么说他也是个思想家……他思考来思考去——他也许想出有点意思的东西……

忽然传来轰鸣声，震动的声音，呼啸声，是一辆大卡车，带了拖车走了过去，道路，灌木丛，窗玻璃声响消失，我们的目光从窗户上移开，但是这辆大卡车的声响引起了“其他全部的事”，我们圈子外面的事，例如，我听见了邻居花园中小狗的吠声，看到了小桌上盛水的小玻璃罐，没有什么重要的，没有，但是侵袭，外在世界的侵袭，有点改变了我们的秩序，我们的谈话变得有些散乱，这不会是生人，因为狗会咬他的，去年有几个贼在这儿晃悠，还有其他的杂事，等等，等等，延续了很长的时间，都是东拉西扯的，我继续捕捉“深处”的声响，有人发出拍打的声音，嬉闹的声音，铜铁的声音，似乎来自茶壶……又传来狗叫声，我已经疲惫不堪，心灰意冷，这时候又觉得，有什么东西又开始变得明晰……

“谁对你干出这样的事了？为什么要这样干？啊？”

库尔卡拥抱莱娜。她俩互相拥抱。她们的拥抱令我不快，有点冲着我来，我又提高了警惕，但是，拥抱虽然延长了大约百万分之一秒（引起过度、拖延、小题大做之感），却令我要永远保持警惕！到底怎么回事呀？库尔卡短暂拥抱莱娜之后，放开莱娜。

“谁对你做出了这样的事呢？”

她怎么了？对准了什么人吗？不是莱昂……那是我吗？是的，我和福克斯，她和莱娜的这个拥抱在光天化日之下泄露出杀死这只猫的全部阴暗狠心，当然，“谁对你做出了这样的事？”或者“对你做出这样的事，如果是对你，就只能是激狂的情感，值得怀疑的是谁呢？是不是就是刚刚到来的这两个学生呢？”大好事！大好事——猫变成了爱情之猫！……但是得注意，这里面有危险！我犹疑不定，不知道该说什么，这是一个困境，一个山谷，一个黑洞，没有什么，后来听见福克斯说话，他说话平心静气的，好像和库尔卡没有关系，好像在厉声强调：“起初吊死一只鸡。接着吊死一只麻雀。接着吊起一根小棍儿。都是吊起来，各有不同。这事已经过了很长时间了，我们第一天发现这麻雀的时候，已经冒出臭味……”对的，福克斯还不是那么愚蠢，他提出了很好的论据，在我们来到以前，吊死动物的事件就冒出来了，所以不会有人怀疑我们……真是不幸……令人扼腕叹息！

“有道理。”莱昂嘟囔了一句，我想，瞬间之内，他肯定也是盯住了我们。

突然之间，每个人都有话可说了。库尔卡说：“卡塔霞吗？不可能！怎么会是卡塔霞！没有的事！她伤心得不得了，他喜欢达维戴克，今天一直无精打采的，她小时候我就认识她，我的上帝，要不是我尽心竭力照顾她……”她说，但是说得太多了，就像那些傻气的半老太太，公寓的女房东那样，我在想，她扮演自己的角色扮演得过分了，可是又传来了水龙头流水的声音，什么地方有汽车发动机在响……莱昂说："有人要偷东西吧，可是把一只猫吊起来……有谁会偷偷地进来，就为了把一只猫吊起来呢？邻居都养着狗嘛……不会把贼放进来的……"我感到一条胳膊疼。我看了窗户外面一眼，树丛、水杉、天空、炎热，窗框是用另一种木条修补过的。接着，莱昂，他想看一看小棍和其他的标记……

"标记？从这儿您就能看见。"福克斯说。

"对不起。您再说一遍？"

"谁能向您保证没有其他的标记，甚至在这儿，在这间屋子里……咱们大家都还没有发现的？"

"您呢？您谁也不怀疑吗？"我问莱娜。

她变得怯懦起来……"大概谁也不愿意我倒霉……"（在这一秒钟，我才明白，我是不愿意她倒霉的……嗐，还不如死了呢！不活了！真是个负担，一大块压在身上的石头！死了算了！）

莱昂转身对着我们，啧有烦言。

"这……这真是……让人不愉快，先生们，不舒适……

真是缺乏好意！因为，得先知道抓住棍子的哪一个头，但是，怎么，又不知道，是越过篱笆呢，还是从里面，没人知道，是从右边呢，还是从左边，不是怪事吗，啊？我倒想着叫警察呢，但是能怎么样呢，怎么跟人家警官老爷说呢，人家要笑起来没完的，所以呀，连警察也不能叫，但是，先生们……不要管它猫呀什么的，问题不在于一只猫，问题在于，事实本身是不正常的，疯癫错乱，所以有充足的理由说，倒是打开了思考的天地，可以思考，可以随意设想，谁也不信任，谁都怀疑，因为，谁能够向我提出保证，我们在这儿坐着的人，有谁不会因为疯狂、变态、错乱，因而出点怪事呢？我、库尔卡、卡塔霞、诸位先生、我女儿，都可能的呀，如果是错乱，一般就是没有保证的，错乱就刻在脸上，啊，哈哈哈哈哈，像人人都挂在嘴边上那样，这样的情况到处都可能出现，人人都可能遇到，每个人都会遇到，而且形象不同，唉呀，哎嗨，哈，哈哈哈！多狡诈嘛！真是低俗得很呀，低低低——低俗嘛……没想到，虽然有老年，有个房子和家庭，却甚至拿不准跟谁交往，我这个人到底是在哪儿，在自己的家，却像一条丧家之犬，谁也不能相信，自己的家倒成了一个疯人院……我整整的一辈子……全部的工作、努力、操劳、奋斗，一生的战斗，数也数不清，记也记不全，整年整年的，上帝在上，一年一年的，一年里分月份、星期、日期、小时、分钟、秒数，数不胜数，无法记住，每一秒钟都是辛苦努力……都是为了什么？就为了谁都不能信任吗？为什么？怎么这样？你们也许说，我成了一个编剧，一只猫算得了什么，但是，先生们，这件事令人不愉快、不愉快，因为，谁能够做出保证，情况在这只猫身上告一段落，在这只猫以后不会轮到更大的动物身上，如果这住宅里有狂人，谁知道会怎么样呢，当然我不是有意夸张，但是事情不彻底澄清，就谈不到平安，人在自己的家里倒得靠别人的……恩赐，恩赐，我说……”

“别说了！”

他看了库尔卡一眼，感到痛苦：

“我不说了，不说了，好，好，可是思考……想问题，谁也挡不住我！”

莱娜侧身咬着牙说：“你最好别说了。”我觉得，在她这口气里有一股新的东西，这是她以前所没有的，但是……又能知道什么呢？我暗暗地问，能知道什么呢？一辆摇摇晃晃的车坐满了人，走过公路，我只看见人的头部消失在树丛后面，狗叫起来，楼上的百叶窗，一个小孩在抽噎，住宅里面一片杂乱，总体上像合唱似的声音，橱柜上有个瓶子，一个软木塞……她能杀死一个小孩吗？她的目光多柔和啊。但是，如果她杀了，这会立即和她的目光融合成为完美的一体，会显示出，一个女杀婴者也可能具有柔和的目光……我们能够知道什么呢？软木塞。瓶子。

“您二位有何高见？”莱昂又发急了，“给我们出出主意好吗？”福克斯俯首帖耳地回复道：“我们得先去看看箭头和木棍儿……”

酷暑难熬，在一层狭小的房间里，在这样的时辰，是一片沉闷，可以看见灰尘在空中飘舞，人感到困乏，我两条腿觉得疼痛，门窗都是敞开的，不知什么地方总有点动静，一只鸟儿飞了过去，一个哼哼的声调，福克斯说：“……我同意主人先生的见解，大家已经说好，如果谁有什么新发现，就立即互相通报……”德罗兹多夫斯基。德罗兹多夫斯基。所有这一切都像是从黏稠的污泥中费尽力气往外爬，却又迷失在人群之中，像某个人爬出来一半，只剩下膝盖以下还没有拔出来，但是随时都可能又掉下去，要考虑到许多、许多、许多的细节……我忽然想起来，今天没有吃早饭。饿得头疼。想抽根烟，手伸进衣兜，没有火柴，火柴在桌子另一端，在莱昂旁边，跟他要呢，还是不跟他要呢，最后我对他指了指香烟，他点头、伸出手来，把火柴盒推到我这边，我才伸出手来。

六

把这只猫埋葬在篱笆外面了，道路旁边。路德维克下班回来之后，听说了全部的情况，便把这件事办了。对这件事，他感觉很不好，嘟嘟囔囔地抱怨“野蛮，野蛮”，抱了一下莱娜，便开始工作，把猫埋在沟里。我在周围转悠……没有办法为参加入学考试用功。我在路上走了走，回来了，又在小花园里漫步。从远处，小心翼翼地，以防别人注意到，我瞧了瞧库尔卡敲击过的云杉及其树干、卡塔霞房间的门、住宅拐角后面的地方，因为我在那儿站着倾听了二层的声响……在这些地点和器物中，在对于这些地点和器物的对比中，隐藏了引导我去掐死那只猫的小路；如果我能够恰当地解读这些地点和器物的布局，也许就能够探索出来我掐死这只猫的真实情况。我甚至还随便找了一个理由到厨房去了一下，为的是再一次视察一下卡塔霞的嘴儿。但是难办的事太多了，迷宫在增长，有大量的器物、大量的地点、大量的事件，是不是我们生活的每一次跳动都是由亿万个细小微末组成的呢，怎么办啊？我完全是无事可做。无事可做。

我甚至来到那间空空的客房——第一次看到莱娜和她放在床面粗铁丝网上的脚——那个房间，出来以后在楼道里站住，又想起我在第一夜半夜出来寻找福克斯时地板发出吱扭吱扭的响声。我辨认出来天花板上的箭头，细看一下烟灰缸，在瓶子颈部发现了一个软木塞——但是我的观看都是无意识的，只不过是看看而已，在这些微末的细节中觉得无力，就像一个重病后康复的人，他的世界缩小到了一个小小的甲虫，或者一缕阳光……同时也像一个在很长时间之后竭力重建自己深不可测、无法索解的历史（到这儿，我冷笑一下，因为莱昂对着我回忆他的分分秒秒）……我在寻找什么呢？寻找什么？某一个基调吗？某一个主旋律、一个核心吗？围绕这个核心我是否可以重建我的生平，写出我自己半生的故事呢？但是注意力被分散，不仅我内心的、我固有的注意力，而且还有来自外界的、来自多样性和超丰富性、来自乱成一团状况的对注意力的干扰，都不允许我集中关注任何一件事情，一个微末细节脱离另一个，每一件事都是既重要又不太重要，我不过是来了又走了而已……这只猫。为什么我掐死了她的猫呢？我观看小花园里的土块，在我和福克斯一起沿着那个箭头指示的方向走的时候就细察过的土块，（我用一把扫帚做了方向标记），我想到，如果我对她的情感不太令我困惑，我看你就比较容易回答她。但是，是什么呢？——我思考着，拨开当时就拨开的草叶——是什么呢？爱情，什么爱情，激情，哪儿来的激情？这都是因为我不知道，不知道她是谁，她是什么样的人，她是复杂而模糊的，不好解读（我望着天花板上的大陆、群岛和星云，心里琢磨着），不易把握，令人厌倦，我可以想象她，这样地或那样地想象，在十万种情景下，从这个方面也从那个方面来考查她，失掉她，又找到她，用一切办法转动她，但是（在我注意观看住宅和厨房之间的地面，以及树干刷成白色、有结实的细绳捆在木棍上的小树的时候，我也在让我的思路贬值）但是，不能怀疑的是，她的空虚把我吸了进去，完全吸干了，她，只有她，是的，是的，但是，我这样思考的同时，目光却迷失在折弯而破旧的水管子之中，然而，我要她怎么样呢？抚摸她吗？羞辱她吗？崇拜她吗？我要跟她一起做点丑事呢，还是净洁之事呢？对我来说，重要的是：沉湎于她，还是拥抱她、搂紧她呢？不知道，不知道，不知道要点就在这儿，不知道……我可以托住她的下巴，盯着她的眼睛，我有这个资格吗？有吗，啊？……还是对着她的嘴吐一口……但是，她重重地压住了我的良知，像是从梦境中浮现出来，显出沉重而浮荡的绝望，像一团散开的头发……于是，这只猫变得更加可怕了……

我摇摇摆摆走到麻雀近旁——越发感觉到厌烦，这个麻雀扮演了和它的意义不相称的作用，而且，虽然不能把它和任何东西联系起来，它却不断地出现，在背景上越发沉重，静止不动。但是（我一面想这件事，一面沿着晒得发烫的道路漫步，穿过干草堆）不能否认，有关系的事物是存在的，虽然猫和麻雀有关系，但是猫是吃麻雀的，哈哈哈，这个关系网也太粘连了！为什么都会受害或者受益于这些关系呢？

不过，这是次要的：实际上我觉得，有某种情况正在浮现到前景上来，更有意义，已经是相当的纠缠不休……源于这样的一个事实：我不仅掐死了这只猫，而且还把它吊了起来。不错，是我把它吊起来的，因为我不知道怎么处理这只死猫，吊死它的想法是机械地产生出来的，因为经历了那个麻雀和小棍儿的事儿……是在一怒之下，甚至暴怒之下把它吊起来的，因为我被卷进这么个愚蠢的事，所以要报复一下，也是为了耍个诡计，逗个笑，打个哈哈，同时转移别人的怀疑——正好，是啊，正好——但是，说到底，还是我把这只猫吊起来的，而且，把它吊起来的灵感（既是我的灵感，也是来自我的内心）也是和吊起来的麻雀和吊起来的小棍儿联系在一起的——三个吊起事件，已经不是两个，这是事实。没有一点掩饰的事实。三个吊起事件。所以，吊起来这样的事件开始出现在这炎热的日子里，连一丝云彩都没有的日子里，而向那树丛走去看看麻雀是怎么吊起来的，也不是完全没有意义的呀——这是自然而然的，我已经不知所措，等待着什么事最后发生，澄清情况。要看一看它是怎样吊着的吗？……我在树丛边缘止步，一只脚迈了出去，踩在草上，还是不迈出为好，平安，如果我往那儿走，那吊着的东西会变得凶险，所以，得小心谨慎……谁知道呢，嗐，差不多确知的是，如果我们没有走到这只麻雀所在的地方，它也就不会这样……最好提高警惕！我站在一个点上，深知一切的犹疑踯躅都只能增加我向树丛中行走的沉重……情况证实就是如此。我进去了。一片树荫，舒适。一个蛾子飞了起来。我已经到了这儿——树丛的拱顶，一个低凹处，比较阴暗，在那边的树枝上……就是它了。

它一直专注一件事、做一件事——就是说：吊在那儿，就像我和福克斯来到这儿的时候那样——吊在那儿，吊着。我走近这个干枯的圆球儿，它越来越不像一只麻雀了，有点可笑，我要笑了，不不，还是别笑的好，可是从另一方面看，我也不知道该怎么办了，因为说到底，我到这儿来，大概不单纯是为了看一看就了事的……我缺少恰当的手势，挥一下手表示问候，说句什么话……不不，最好不，不要夸张……看阳光的斑点是怎样在黑色的土地上散开的！一个甲虫！树干，圆形的云杉！可以确定的是，如果我来到这儿，给它带来吊起来的猫，那这就不是一件小事了，而是我对自己采取的一个行动了，阿门。阿门。阿门。因为炎热，小小的树叶边缘都卷了起来。扔在那儿的一个罐头盒里可能有什么呢？谁扔下的？哟，有蚂蚁，我没有注意到啊。咱们走吧。你把吊起来的猫和吊起来的麻雀联系了起来，很好，但是现在这是完全不同的事了！为什么不同呢？你不要问。走吧，这块破布是什么？我已经推开小花园的门，阳光融化了的、抖动的天空快把我烤焦了。晚餐。和平时一样，莱昂笑话连篇，库尔卡给大家吃肉饼，但是演戏似的场面和这只猫造成的紧张气氛都感染了我们，虽然人人都竭力表现得自由自在，可是这样的装腔作势正显得跟做戏一样。大家并没有互相监视，没有，完全没有。但是已经陷入了环境证据之网，卷入了监视，难以把握的特点强化，在空气中造成一种容易把握的气氛……没有，没有啊，谁也没有怀疑别人，但是，同样，谁也不能保证别人没有怀疑自己，所以，为以防万一，大家彼此都很客气、友善……她们都多少感到难堪，因为虽然竭尽努力，还是显得做作，所以，世界上这最容易的事对于他们却变得困难而勉强了。因此，她们全部的欣慰都受到了某种扭曲，无论她们愿意与否，她们的行为都开始和这只猫、和与这只猫有联系的全部古怪的发现有关：例如，库尔卡责备莱昂，或者莱娜，或者同时责备他们父女二人，说他们忘记了提醒她做某一件事，而从她这一方面说呢，她好像做了什么和这只猫有关系、有联系的事……连莱昂的连篇笑话也包含了向那个方向的轻微扭曲……我注意到了，他们踏着我的脚步，目光密切注视一切，目光开始避免直接接触他人的脸，只是深入角落，探视深处，寻找并察看架子上面，柜子后面……这儿熟悉的糊墙纸，那边熟悉的窗帘，都变成了丛林，或者达到了天花板上那些群岛和大陆的令人昏眩的远方。如果……如果……唉，起初不过是一点轻度的疯劲，走形，不明显的装样子，还是无辜的，他们已经脱离了发高烧的状态，在那样的状态下，他们疯狂地计算，评价每一英尺的地板，地毯上的每一道条纹，因为，因为……当然，他们不避讳这只猫这个主题，实际上，他们反复谈起这只猫；但是，谈论这只猫，主要是因为，不谈猫这个话题不如有关猫的谈话好，诸如此类，诸如此类，等等，等等，等等。

莱娜的手。她的手一如既往地放在桌布上，盘子旁边，叉子附近，灯光之下——我看见了这只手，就像我不久前看见了那只麻雀；她的手放在这儿，在桌子上，就像那麻雀吊在树枝上……她在这儿，它在那儿……我竭力尝试，似乎很多事都取决于这样的竭力——我竭力保持清醒的认识：她在这儿，它在那儿……在那儿，像那个小棍儿，像那只猫……在它自己的树丛之中，夜色迅速浓重，在道路的对面，在树丛中，而这只手，在这儿，就在桌布上，在灯下……我这样做，也许是为了一次试验吧，深知是出自好奇心，但是竭尽全力，名副其实地满头大汗，工作很努力，又能怎么样呢，麻雀在那儿，这只手在这儿，我的辛劳，我的努力，都不能越出这个范围，这是有限的，不能，不能，不想联结在一起——而这只手依然放在白色的桌布上，平静得很。不为什么。不为什么。哟，哟，她这只手要拿起叉子——又没有拿——是手指头接近，遮住了那把叉子……我的手，在我这把叉子旁边，向它靠近，要拿起它来——没有拿起来——是用手指头把它遮盖起来了。我在寂静中感受了这一相互理解的欢快，虽然是虚假的，虽然是自己单方面设想出来的……但是，这儿旁边有一把叉子，离我的手有半厘米，同样，在距离她的手半厘米远的地方也有一把叉子——是不是用手背去触及那把叉子呢？我可以这样做，而不至于引起别人的注意，因为距离很小。我做了——我的手已经挪动，触及了叉子——还看到，她的手也挪动了，也触及了那边的那把叉子。

在这段充满敲锣声、声响快要溢出来的时间之内，激流、旋风、大群的昆虫、乌云、银河、尘埃、轰响、事件、这个、那个，等等，等等，等等……都在偶然情况和非偶然情况的边缘上，凡是能看见的，都可能这样，又可能那样，她的手挪动了，也许是有意地，也许是半有意、半无意地，fifty，fifty，五十比五十，库尔卡掀起一个盖子，福克斯掖了掖袖口……

次日清早，我们出发到山里去远足。

这是莱昂的想法，不是新的，他已经念叨好长的时间了，我要赠给你们一些新的东西，让你们在祖国的名山中尝到神奇的甘美，给你们咀嚼一点真正的美味，包括图尔涅山、科西切利斯卡山、“海之眼”，请原谅我的话，都是些老掉牙的、明信片上的东西，看也看得烂熟了，摸烂了，穷地方的省钱旅行，什么也没有，但是我要从大山的广阔景色中给你们拉出一条又一条的图线，我说了，一大把一流的好风光，让你们的灵魂一辈子都围着珍宝和梦境，因这奇迹中的奇迹而激荡，这是仅有的梦想里唯一的美景啊。你们要问，哪儿来的想法呢？我告诉你们吧，有一次我偶然地迷了路，多少年以前呢？……二十七年……七月份，记得清清楚楚，就好像在今天似的，我在科西切利斯卡山里迷路了，我爬山、认路，忽然发现了侧面山谷的宽阔美景，有四公里长，可以乘马车，甚至有一个避风雨的茅屋，都是没有主人的，银行买下来了，我探听了一下，他们要做开发计划，我说了，那景色是谁也没有见过的！……我要说，这是一种景象，和大自然的的华冠结合了起来，芳草的幻境，芳草、林木、花卉的幻境，潺潺溪水般的诗歌，配合了山峦和谷地，弥漫了深绿色的灵魂，但是还散发出特殊的崇高气韵，嘿，嗨，啊我的上帝，简直摆满了什锦蜜饯，令人垂涎三尺！我们可以去度过一天、两天，乘马车，带着毯子和旅行美味食品，说老实话，在那里度过一生、一辈子，都好，谁要是一次被那景色迷住，都会这样，哈，哈，哈！我一直保存着这个愿望，发誓在死去之前，一定再去一次，啊上帝，啊上帝！这么些年过去了，我还是发誓要去！……

只有在这只猫的事件过后，这样到山野散心、游戏、换换环境的设想才变得引人入胜，尤其是因为住宅里我们都觉得憋闷得不堪忍受……而库尔卡在多次唠叨“莱昂，你想来想去，终于决定了”和“别说了，莱昂，别说了”之后，也开始赞成这个计划，特别是因为莱昂提起，这是回报和莱娜交往的两个女友的方便机会，她们就住在扎科帕内。最后，莱昂“钻出野猪窝”的老想法得到库尔卡的回应：她准备了美味食品，做出种种安排，一定要让回报显得大方得体。

就这样，小棍-麻雀-猫-嘴儿-手等等的这条连线（及其全部的根芽和分枝），我说，持续了下来的同时，一个新颖的、更健康的潮流出现，所有的人都欣然同意，而库尔卡一时心情欢畅，提醒我和福克斯说“一切都会如意的”，因为莱娜的这两位女友都是新婚，所以参加出游的有三对处在“蜜月状态”，是令人愉快的挚友群游，比一般到“去腻了的”老地方游览大为不同。猫是推动的灵气，如果不是那只猫，谁也不会想到这次出游的……但是，不管怎么说，出游让我们大家摆脱了那只猫……带来了轻松的心情……近来一些日子，出现了一股怠惰的心情，什么也不想做，一日三餐，一次接着一次，像每天晚上的月亮，没有变化，而星座、星星的排列、形体，却受到了磨损，变得苍白……我已经开始感到担心，一切都像蜗牛那样缓慢前行，像慢性病，像某种长时间的纠结……所以，发生一点事情也好，虽然不过是一次出游。同时，莱昂的热切心情令我震惊，他不断地返回到二十七年前的那一天，他迷路了，发现了如此神奇的景色（打击了我，折磨了我，我记不全了，当时我穿着一件旧外套，您听好，咖啡色的，就像照片里那样，但是，是哪条裤子呢？……上帝啊，你知道，我不知道，全都丧失了，消失了，在那儿的什么地方，有一个地方，我洗脚，在那儿洗的，在什么什么里头洗的，啊，上帝，上帝，有什么东西返回，耶稣，马利亚，我可怜的伙计，想着，想着……）我感到这个情况奇怪，而这个巧合显得越来越包含某种意义，他和我都在沉溺，以各自的方式沉入，他沉入过去，我沉入这些微不足道的细节。

不用说，我的怀疑又在增长，是不是他，是不是他也插手了……在这只麻雀……在这根小棍儿……有很多次，我都自忖：胡说！因为在他身上有些东西，有点东西，他光滑、球面的脸，配上一副眼镜，时时痛苦地抽搐，但是他贪吃，贪吃得明显，贪吃得狡黠……说着，他离开桌子，立即拿回一根干草，说："这是从那儿来的！我一直保存着呢！从那儿，从那个奇怪的地方，只有魔鬼知道的地方……我是从草地上采来的吗？……还是路边？……"

他站在那儿，手里拿着草茎，大秃脑袋，我心里琢磨着："一根儿草……一根儿草……小棍儿？……"

别的还没有什么。

这样过去了两天，三天。最后，一天早晨七点钟，我们往马车上搬东西，能够觉得我们是在告别：我们面前是一座已经闲置有时的房屋，显出孤寂冷落的印记，托付给卡塔霞照看，对她做出安全警惕的吩咐，让它注意一切，门不能虚掩——有什么事的话，要用力敲邻居的门——但是，这些布置已经涉及等一会就留在我们身后的情况。正是这样。在晨光中，马匹启程，走在沙面道路上，那座房屋消失，两匹花斑母马小步慢跑，一个山里人坐在我们前面，马车吱吱扭扭地摇晃，路德维克、莱娜和我坐在垫得很厚的座位上（莱昂一家人和福克斯乘前面那辆车），睡眼惺忪……那座房屋消失以后，只剩下了行路，车在车道沟里颠簸，行车的沉闷声响，以及旁边闪过的景物……但是，出游还不能算已经开始，我们还得走近前面的一座公寓，接上一对年轻夫妇。又是一段颠簸。到了，年轻夫妇上车，带了大大小小的行李，笑声，和莱娜不清醒的亲吻声，谈话，都是前言不搭后语的，迷迷糊糊的……

我们的车上了公路，进入开阔的乡野，驱车前进。马儿小步慢跑。树木。树木奔驰到了面前、经过、后退而去。篱笆和房屋。小块地里种了什么作物。倾斜的山坡，圆形的小山。木桶上有一个什么标志。一辆疾驰的汽车超过我们。我们的车走得一路上都是摇晃、吱扭声、颠簸、小跑、马的臀部和马尾巴、山里人挥舞鞭子，天上是早晨的天空和朝阳，阳光已经发威，开始晒得脖子发热。莱娜随着车辆颠簸、摇晃，但是这不重要，概括地说，都不重要，也有重要的，因为我们的旅途就是缓慢的消失；而吸引我注意力的是某种无形体的感觉，这就是近处的物体闪现过去的速度和比较远的物体比较缓慢的移动二者的关系，以及和很远的、几乎伫立不动的物体的关系——这个感觉占有了我的心思。我曾想到，在旅途中，物体出现仅仅是为了消失，物体不是重要的，风景也不重要，唯一留下的是形象，而形象即将消失。一棵树。田野。又一棵树。立即闪了过去。

我是不在场的。但是（我又想）几乎是不在场的，或者，不是充分地在场，这一现象来源于我们和周围环境的半心半意的、混乱的、和疏漏的、不体面的和下作的关系，人参加共同的游戏，例如旅行（我设想），实际上心思连百分之十都不在场。而在我们这个个案中，目不暇接的是一浪又一浪的物品、景色、开阔宽广，而不久前，也就是在昨天，我们还受制于封闭，周围都是细碎的硬实泥块、尘埃、干燥的空气、污秽，等等，等等；土疙瘩、玻璃杯、瓶子、棉线、软木塞，等等，等等，以及从中兀现出来的形体，等等，等等——这一切简直是要冲垮一切，是一条大河，是大水、是大洪水，是滔天的海啸。我正在消失，莱娜在我旁边，也正在消失，车在颠簸，马在慢跑，和新婚的一对情侣一句半句、迷迷糊糊地闲谈。实际上没有什么迹象，只不过是，我和莱娜正在离开别墅——只有卡塔霞留在了那里；而我们每一瞬间都离开得更远一点，片刻之后，还会更远，而在那里有住宅、马车、便门、抹了白灰、绑在支撑木杆上的小树；住宅在那里，而我们则渐行渐远。

但是，我们这辆车里气氛渐渐活跃起来，新婚的一对，男的叫卢卢，女的叫卢拉，很快当众亲热起来，卢拉开始说："卢卢，我是不是忘了带暖水瓶了？"或者，卢卢开始说："卢拉，挪开那个背包，碰得我难受"，倒是大大方方的亲昵语气。

卢拉比莱娜还小，胖乎乎的，粉红的脸色，长着两个小小的酒窝，胖滚滚的手指头，戴着一个背包，里面有手绢、小雨伞、口红，她的手在里面翻来翻去，嘴里唠叨着，发出嘻——嘻——嘻的声音，这儿是通往科西切利斯卡的公路，车震动着，我喜欢这个，我很久没有受到过这样的震动了，卢卢，你有多长时间没有受到震动了，多么小的露台啊，莱娜，你瞧，我想在这样的地方开出一个小客厅，卢卢在那个大窗户旁边开一个书房，我得把花园里那些石头的小人儿什么的都扔掉，我不能容忍他们，莱娜，你喜欢石头小人儿吗？卢卢，你没有忘记胶卷吧？还有望远镜呢？卢卢，哎哟，这块木板子扎着我的屁股了，嗨，你干什么呢？这是什么山啊？卢卢和卢拉一模一样，也挺敦实，小腿肚子鼓鼓的……脸蛋胖嘟嘟的，浑身发抖，腰身变圆，小鼻子向上翘，穿有图案的袜子，戴第洛尔式帽子，带一个照相机；一双蓝色的小眼睛，挎着一个杂物袋，两只肥胖的小手；穿灯笼裤。他们成了年轻的一对，迷醉其中，他，卢卢；她，卢拉——这时候尽情亲昵、自夸：卢拉看见一个好看的宅子，就说她妈习惯享受各种舒适条件，卢卢马上表示，他妈每年到国外泉水休养地，还补充说，他妈有一大套中国灯罩收藏品，于是卢拉抢着说，她妈有七个象牙雕刻的大象。对于这一场斗嘴游戏表演不能不露出微笑，我这一点笑容大大鼓励了他们，于是这小型演出卷土重来；他们的对话和马匹慢跑单调哒哒声中显露出来的枯燥结合了起来；马匹向远处的行走把乡野划分成同心圆，圆圈向外扩散，时快时慢。路德维克拿出表来。

“九点半了。”

阳光强烈。炽热。但是空气还是清新的。

“吃点什么吧。”

但是，我的确是正在和莱娜一起远走——这是重要、奇异、有意义的，在此之前，我怎么可能没有深入这一层的意义呢，一切都留在住宅里了，或者留在住宅前面了，许多、许多的东西，从床铺到小树，甚至到最后一次触摸羹匙……而现在，在这儿，成了无家可归的人……在别的地方……而住宅则渐行渐远，还有那些星座、各种形体，以及这全部的故事，都已经在“那儿”了，在“那儿”，麻雀也是在“那儿”，在树丛中，有阳光光点洒在黑色的土地上，也是在“那儿”……啊，是啊，有意义，但是我对于这种意义的思考也是渐行渐远，渐远渐弱……都是目不暇接的风景画面造成的影响吧。（但是，同时，我头脑十分清醒，从眼角里看到一个事实，值得注意：那只麻雀渐渐远去，但是它的存在并没有减弱，仅仅是后退的存在，仅此而已）。

“夹肉面包，暖水瓶呢，给我那张纸，卢卢，让开一点，我妈给咱们的茶缸子在哪儿呀，细心一点！卢卢，你够蠢的！”“卢拉，你也够蠢的啊，哈，哈，哈！”

另外一个不再是一个问题；但是，因为不是个问题，所以才是个问题。莱娜的脸儿很小，几乎难以察觉，但是路德维克的脸也一样，好像没有生气似的，被空间消弭，而空间则一直延续到山峦的屏障，这一山峦又绵延伸展，在遥远的地平线消失，而那里似乎又是不知名的朦胧山峦。我一般不知道大部分的名称，至少所观察到的半数物体是不知名称的，山峦、树木、杂草、蔬菜、工具和居民点。

我们到了高地。

卡塔霞正在做什么？在厨房里吗？她那嘴唇……我瞥了一眼莱娜的小嘴儿，在原来那个语境的地方，她的嘴儿会怎么样，脱离了……但是，没有什么，这一张小嘴儿乘马车出游，我吃了一小块火鸡肉，库尔卡烹调得味道浓重。

马车上的气氛逐渐活跃起来，好像是在一个遥远的行星上似的，这样，莱娜，甚至还有路德维克，都不由得加入他们卢卢卢拉卢卢拉的称呼，莱娜大声问“路德维克，你干什么呢？”，路德维克回应“小声点，小东西！”……我悄悄地观察，觉得不可相信，他们也可能是这样的吗？他们就是这样的吗？这次出游乘车奇怪啊，没有料到的，我们开始从高地往下走，距离开始缩短，大地地面从两侧渐渐升起，莱娜用手指头威胁他，他眨了眨眼睛……轻浮、浅薄的欢快，但是无论如何，他们做得到……有意思……不过，出游总是有理由的，到最后我也勉强说出两句逗笑的话来，没办法的事，这到底是逢场做戏罢了。

早就不断向前靠近的山峦突然倾斜过来，我们走进山谷，在这里，至少有宜人的阴凉从山坡迤逦迎来，都是高处顶着阳光的绿树——寂静不知始于何方，来自各处，清爽微风犹如泉水流动，感到十分舒适！绕过一个曲线，石墙和峰顶突兀出现，是突如其来的裂缝，石头的山坡，长满绿色草木的圆形突起，山陵，或者孤峰，嶙峋的山峦和直上直下的陡峭石壁，有攀缘之物贴在石壁上，向高处爬去，草地沉入寂静，这寂静蔓延、厚重、无所不在、安然不动、席卷一切、威力无比，以致我们马车的辚辚声和微弱车轮滚动声响好像是孤立无援的。广阔的景色持续了一段时间，接着出现了某种新气象，这样的气象向前推进，赤裸，或者纠缠在一起，或者闪闪发亮，有时候英雄气概十足，更有悬崖、峭壁、裂隙、各种高悬的石块，然后却是一派田园风光，节奏有进有退，构成的部分有灌木丛、树木、伤痕、崩塌，这田园景色时而呈现甘美，时而纤细优雅。纷繁而不同——各种各样的物体——奇异的距离，惊人的婉转曲折，空间受到了禁锢，紧绷起来，向前推进或者后退，扭曲拐弯，上下奔腾。运动巨大，却又岿然不动。

“卢卢，哎呀！”

“卢卢，我怕……我怕一个人睡觉！”

聚集、旋涡和融合……太多了，太多了，太多了，合拢、运动、堆积、砸碎、推动，总体的搅扰，充满空间的巨大冲击，这样的冲击在一瞬间破裂成为几千个细节、组合、巨石、扭打、笨拙的混乱，而这一切的细节又聚集成为一个强大的形体！正像那个时候，在树丛中，对着墙壁，对着天花板，在一堆垃圾和横木前面，正像在卡塔霞的小屋里，对着墙壁、橱柜、杂物架子、窗帘，那儿也有形体浮现——在那些地方不过是微末细碎之物，而在这里，则是物质喧嚣的风暴。我则变成了静物的解读者，在不知不觉中，我在研究、寻觅和观察，似乎在这里可以破译出某些事实，可以达到越来越新颖的组合——我们很小的马车得儿哒地从山峦母腹中走出，带出这些组合。然而，什么也没有看到。一只鸟儿在天上翱翔，一动不动——兀鹰，猎鹰，还是雄鹰呢？这不是麻雀，不是的，但是正因为不是麻雀，才是非麻雀，又因为是非麻雀，也还算是麻雀……

啊上帝！这只孤独雄鹰的形象让我感到多么欣悦，它在万物之上翱翔，多么崇高！那是最高之点，统领一切的一点！真的吗？在那个住宅里，我感到十分疲倦，给我带来疲倦的就是那儿的杂乱、混乱、人多嘴杂、几件吊起来的东西、那只猫、茶壶、路德维克、小棍儿、水沟、莱昂、敲击声、打砸声、细针、横木、福克斯的目光，等等，等等，等等，等等，都像在迷雾之中，在丰饶角中，乱七八糟……而在这里，这只鸟儿在蔚蓝晴空里统领一切！——这个辽远的小点控制了一切，就像大炮的射击，而混乱和烦扰都散落在它的脚下，这是何等的奇迹！我瞧了莱娜一眼。她正在远眺这只鸟儿。

这只鸟儿飞了一个半圆的圈子，绕过我们，又把我们留给了奔放开来的山峦，山峦之外，还有青山，每一座山都是不同的地点组成的，这些地方的石头子很多——有多少石头子呢？——刚刚“过去的”又跨到向前涌来的大军行列，寂静得奇怪，这寂静只能从整体运动的非运动性来解释；卢卢，你看那块石头！卢拉，你瞧，像一个鼻子！卢拉，你瞧，一个老爷爷叼着一个烟斗！看左面，你瞧，他用厚底皮鞋踢呢！踢谁，在哪儿踢呢？那是一个烟囱！又出现一个拐弯，出现一个阳台，又一个三角——一棵树靠在那儿，立即引起你的注意，树很多，引起你注意，但是接着又不见了，消失了。一个神父。

神父穿着袍子。坐在路边一块石头上。一个神父身穿袍子，坐在石头上，在山里？我想起茶壶，因为这个神父像那个茶壶。袍子是多余的。

我们停车。

“神父请上车吧。”

神父脸又胖又圆，鼻子扁平，像个农民，脖子从袍子领子伸出；他目光下垂。“上帝回报你们。”他说。但是他没有挪步。因为出汗，头发沾在头上。路德维克问他，我们把他送到哪儿去，他似乎没听见，上了车，含含糊糊地道谢。慢跑、颠簸、行车。

“我在山里徒步旅行……有点偏离了大道。”

“神父累了。”

“是啊，我住在扎科帕内。”

他的袍子衣襟下摆有泥污，鞋也脏了，眼睛发红——他是在山里过夜的吗？他慢条斯理地说明：他出发去旅行，迷了路……但是，穿着神父的袍子怎么旅行呢？怎么会在有山谷穿过的地方迷路呢？什么时候出发的？就是昨天下午。旅行在下午出发吗？我们避免问得太多，什么吃的都拿出来招待他，他吃着，犯困，接着就无可奈何地坐着，马车颠簸着，阳光灼热，已经没有阴凉，想要喝水，却又不愿意抽出瓶子，只顾着行车。突出来的巨石和石块的阴影垂直落在两侧的地面，一个瀑布的水声传来。我们继续行路。到现在为止，对于这样的一个事实，我从来没有感觉兴趣，但是这个事实本身是有意思的：千百年来，占有一定百分比的人被道袍隔离开来，他们被指定为上帝服务——他们是关于上帝的专家，涉及上天的职员，精神公仆。但是，在这儿，在山里，这位黑衣客人来到我们中间，和我们一起旅行，他不适应这山间的纷繁歧路，是因为他……要爆裂、溢出……像那个茶壶一样吗？

这一点令我气馁。然而，有趣的是，因为这只兀鹰，或者猎鹰，高居在万物之上，我感到精神振作起来——原因大概是（我心想），因为它也是一种鸟儿，和麻雀有亲缘关系——但是也是因为，可能首先是因为他悬在高空，所以在自身之中把麻雀和悬吊联系了起来，而在悬吊的概念中又把被吊起来的猫和被吊起来的麻雀联系起来，是的，是的（我越看越清晰），它甚至给悬吊的概念带来统领一切的特征，君临一切，犹如帝王……如果我能够（我想）破解这个概念，发现它的主要脉络，理解或者多少感受到这个趋向，至少在麻雀、小棍儿、猫的某一个侧面是这样，然后我就比较容易对付这张嘴，以及围绕这张嘴的种种情况了。因为（我正在努力解读这个字谜）不容置疑（这也是一个令人痛苦的字谜）的是，我自己就是嘴与唇联盟的秘密，这个联盟在我身上生成，是我，而不是别人，是我创造了这个联盟——但是（注意！）我在吊起那只猫的时候也加入了（也许吧？在某种程度上？）那个麻雀与小棍儿小组，所以，我属于两个小组——这是不是起因于这样的事实：莱娜和卡塔霞与麻雀和小棍儿的结合只有通过我才得以实现的呢？——是否显然是我在吊起那只猫的时候还没有造成理解一切的通道……在什么意义上呢？唉，当时还不清楚，但是无论如何在这个节点上有某种事物形成，产生了某种整体的胚胎，于是一个巨大的鸟儿悬在我们上方——悬吊在那里。好吧，但是，活见鬼了，为什么这个神父钻到行列里来，从外面，从另外一个木桶里，没有人期待他，多余的，愚蠢的……

就像那个茶壶，那边那个！我感到的厌烦一点也不比在那儿的减少丝毫……这股厌烦心绪把我甩在那只猫身上……（是的，我完全说不准，也许是我自己扑到那只猫身上的，原因出自那个茶壶，我无法容忍让茶杯满溢出来的那一滴水……也许，因为做了某一件事而迫使现实露出其面目，就像外面把什么东西扔在树丛里的时候，正好有什么模糊不清的东西在那儿走动）……是的，是的，我掐死那只猫，是不是对于包含在茶壶毫无意义存在之中的刺激的愤怒反应呢？……但是，在这样的情况下，你得小心了，出家的，因为谁能保证我不会把什么东西砸在你身上，对你作出什么事来……什么事……他坐着，根本没有想到我心里的这股恶气，我们乘车走，过一道山，又一道山，马儿慢跑，炎热……我忽然瞧见了一个很小的细节……他正在活动手指头……

他下意识地伸开两只手粗壮的手指头，又把手指头交叉起来，手指头在下面，在两个膝盖之间的扭动像毛虫一样，没完没了，看着十分讨厌。

说起闲话。

“诸位是第一次到科西切利斯卡来吗？”

卢拉用羞怯的住校女生口气回答：“是的，神父，我们是蜜月旅行，上个月结婚的。”

卢卢立即抢着露出同样羞怯的可爱表情：“我们是一对新人。”

神父清了一下嗓子，感到不适。于是卢拉又像寄宿女生对女校长汇报女同学情况似的，指着莱娜和路德维克说：“他们，他们也是，神父。”

他们不久前得到许可……

路德维克哼哼着：“嗯，嗯——”声音低沉。莱娜的娇笑、神父的沉默、啊哈，还有卢卢和卢拉对着神父发出的细小嗓音！……那神父仍然在神经质地搬弄粗壮的手指头，看着可怜、无奈、像农人似的，我看着他像心里有什么事似的，否则他大粗手指头是在干什么呢？还有……还有……啊……啊……手指头在下面活动……连我的手指头也……还有莱娜的……在桌布上。叉子。羹匙。

卢卢你别纠缠我，神父是受戒的，会怎么想啊！卢拉，受戒的神父肯定不会有什么不良的想法的！卢卢，哎，你要知道，你的脸蛋子直哆嗦！突然……我们都向侧面倒过去。我们穿过一道山沟，经过一条几乎看不出来的、难走的小路，来到了山脚下！进了一条逐渐变窄的山谷，但是走过这条山谷，前方侧面展开了一条较小的山沟，马车走进新的山峰和山坡之间，完全被隔离开来……真是没有想到……又是树木、草丛、岩石、熟悉却又不同，新颖，因为我们离开了大路而带有一股特殊的韵味。是的，是的，我想，他可能做了什么事情，良心上过不去。

什么？罪孽吗？吊起一只猫。蠢话，掐死一只猫算得了什么罪孽……但是这个身穿教士服装的人，刚从忏悔室里来，从教堂里祷告回来，走上了公路，钻进了我们的马车，自然立即出现罪恶罪犯的良心谴责，特拉、拉、拉，特拉、拉、拉，这样的滴——里——里……他钻进了马车，罪过。

罪过，这样他就是一个同伴，神父同伴，用大粗手指头拨弄良心上放不掉的什么事。和我一样。同伴和兄弟，他用他粗重的手指头在拨弄，这些粗手指头，是不是也掐死过动物呀？蓦地出现全新的入侵，这就是堆积、崩塌、新的绝妙起伏绿色，寂静、有如深绿色的落叶松、松柏、睡意十足，背景是蔚蓝晴空；莱娜在我前面，和她的双手，这是几个人的双手的排列——我的双手、莱娜的双手、路德维克的双手——这个排列图案受到神父粗重手指头形象的入侵，对此我却不能给予充分的注意，因为马车在走，山峦迎面而来，新景色层出不穷，神圣的上帝，慈悲的上帝，为什么对任何事物也不能够给予注意呢，世界是亿万倍地丰富，而我无法集中注意，奈何！嘿，你们这些山里的农汉，跳你们的山贼舞吧，卢拉，由着他吧，卢卢，别管我，卢拉，哎呀，我的脚都麻了；行路，行路，驱车前进，好！有一件事是明确的，那只鸟儿悬在高空，太高了，而神父同伴在下面捏弄，车在走动，走动，单调的运动，巨大的河流奔腾、绕过，车轮声、马蹄声，炎热、困倦，我们终于到达目的地。

下午两点钟。这是一个比较宽阔的地方，一个豁谷，有草地、松树和云杉，草地上冒出很多岩石，有一座房屋。木制的，有露台。房屋后面的阴影里停着一辆马车，这是沃伊迪斯一家、福克斯和另外的一对新婚夫妇乘坐的。他们出现在门口，寒暄，问候，下车，路上好吗，你们早来了吧，等一下，这个包裹，都安排好了，莱昂，拿起瓶子来……

但是他们好像是另外一个行星上的人。我们也是。我们来到这儿，好像来到“一个别的什么地方”——而且这座房屋简直就不是那边那座……留在身后的那座。

七

一切都是在远处发生的。不是那座房屋离开我们远去，而是我们离开它远去……而这座新房屋处在一种梦魇般的、死一般的荒野之中，对于我们的喧哗毫无反应；这座房屋没有自身的存在，它存在仅仅是为了表明，它不适合那一座房屋……我刚一下车，就领悟到了这个道理。

“这儿都荒废了，没有人，整座房子都是我们的，住就住得好好的，主要就是要吃，嘿，雄鹰你们是我的兄弟，给我力量，我要告诉你们，这一小块地方就像一只雄鹰，以后你们会看到的，现在先得吃点东西，吃呀，吃呀，吃，前进，前进，allons enfants de la patrie！①”

“莱昂，拿出羹匙来，在背包里呢，莱娜，餐巾，请大家不要客气，随便坐吧，尊敬的神父，请。”大家的回应是：“遵命。遵命，将军夫人！好，请坐！再拿两把椅子

① 法国《马赛曲》第一段第一句：前进，祖国的儿女们！——译注

来。真是一桌宴席啊！请，卢卢太太，您坐在这儿……拿餐巾来！”

他们都在客厅里的一个大桌子周围落座，客厅里有好几个门，通往各个房间，还有楼梯通往二楼。门都敞着，展现出空荡的房间，房间里只有床和椅子，椅子多得很。桌子上摆放了美食，大家心情很好——谁还要酒！——但是这是在欢会上制造出来的欢快，每个人都先得欢乐，以防影响他人的情绪，而实际上所有的人都有点心不在焉，就像在火车站，因为都是在等火车——而且，这种心不在焉又和偶然发现的这座房屋的空荡联系了起来，这儿的房间没有窗帘、衣柜、床单、图画、书架，只有窗户、床、椅子。在这样空荡之处，不仅话语，人的动作的声响也都被放大。尤其是库尔卡和莱昂似乎是在真空中膨胀起来，发出隆隆的声响，而为他们的隆隆声响伴奏的就是大吃大喝的客人们的言谈笑语，其中又爆发出来卢卢和卢拉咯咯咯的笑声，和已经半醉的福克斯像毛驴吼叫似的笑声，我心里明白，他喝酒是要把德罗兹多夫斯基以及跟他的别扭压下去，这种别扭类似我跟我和我父母亲的别扭……他，一个倒霉蛋、傻东西、惹人烦的职员，谁见了也要闭上眼睛，或者扭头看别的地方。库尔卡待客周到，给大家添生菜和香肠，提高客人的兴致，恭请大家尝尝这个，东西多得很呀，别客气，别饿着，我说的是实话，等等，等等——竭尽全力把一切办得尽善尽美，雅致，成为独特的出游，亲友的交谊，不让人说没有吃饱、没有喝足。而莱昂则自我放大两倍、三倍，说自己就是安菲特吕翁[1]，是大将，革新家，嘿，嘿，都在他一人身上，没有我们，早有森林，萨克森国王当朝，喝足吃饱，allons，allons！[2]但是，我们的奔忙、客套虚礼、宴会上的欢谈、这一切都不是充分地存在的，好像被某种佝偻病式的、苍白、残疾的冷漠割断，这种冷漠令我们感到虚弱……以至于有时候脑海里出现了我从望远镜里、从远处看到自己和他人这样的印象。一切都好像是在月球上……因此，这次的旅行与逃跑没有达到什么目的，我们越想逃避，“那东西”就变得越有力量……够了，随它去吧，不论出现了什么情况，我却开始区分这里和那里，我也注意到了卢卢和卢拉见到跟随沃伊迪斯一家人来到的第三对度蜜月新婚者时表现出的特殊的欣喜。

---

① 希腊神话重要人物之一——译注
② 法语：前进，前进！——译注

他们把这个新郎官称为托莱克，或者骑兵队上尉，或者小上尉亲亲。的确，他完全是一个骑兵，身材高大，脸色粉红、真率，金黄色的小胡子，完全是洋娃娃的骑兵！莱昂对着他唱“镖骑兵站在前哨”，但是突然打住，打住是有理由的，因为这支歌的下一段歌词是“像红莓花的姑娘送来一束玫瑰花”；而他的新媳妇雅黛绮卡是那种所求无多的女人，不想讨好于他人，因为她们知道，涂脂抹粉争宠是为她们力所不及。她不丑陋，不过她的身材有点不耐看，我懂得也不多，有点单调吧，虽然这么说，她的一切也还“恰到好处”，这是福克斯用胳膊肘一面戳我一面对我小声说的，就好像他突发了要抚摸一下她后脖子的念头，而她对这种事是一点意思也没有的。肉体利己主义吗？肉体自我中心主义吗？给人的感觉是，她的双手、双脚、鼻子、耳朵，都仅仅是为她服务的，都是她的工具，如此而已，他完全缺乏慷慨大方的气度，这样的气度善于悄悄提示一个女人，她的一只小手儿也是引诱男人、撩逗男人的礼物呢。是道德的严酷性吗？……不，不是，更多的是躯体感受到的孤独……但是，因为这个情况，卢拉因为压制下来的唧唧笑声而痉挛，走到卢卢的耳根儿说：“他自己闻着不讨厌。”这是雅黛绮卡讨人嫌的根由，躯体的这些气味只有对于发出这种气味的人来说，才是可以容忍的。但是，如果这个镖骑兵生来不是为了接吻的好色小子，在他金色小胡子下面、红色嘴唇上面时时接吻的话，卢卢和卢拉也许就不会感受到令人窒息的、打摆子似的嘻嘻嘻奸笑劲儿的袭击了——所以每个人都不由得提出一个问题，究竟是什么促使他娶这么一个女人为妻——等到得知（卢拉悄悄地告诉我的）雅黛绮卡是一个工业家富豪的千金小姐的时候，这个问题就带有一股狡黠的言外之意了。哎嗨，哟哈，嘻嘻嘻！然而，这个笑话还不是到此告一段落，恰恰相反，这才刚刚是开始，因为，最反常的是（这也是第一眼就能看出来的）他们对于自己引发出来的笑话后果不抱什么幻想：她们单单地用自己意图的纯洁性质和自己权利的准确性来抵御世人的狡黠低俗。她似乎在理直气壮地告白："我有权利！我知道是他漂亮，我不漂亮……但是难道要禁止我爱他吗？不能！你们不能禁止我！人人都是有这个权利的！我就是爱他！爱他，我的爱情是纯洁的、美丽的，你们看，我有权利不为我的爱情感到羞耻——从来就不羞耻！"她坐在一旁，不加入大家的游戏，呵护自己的这份感情，如同珍宝；她专心、宁静，眼镜凝望着丈夫，或者透过窗户欣赏茂盛草地的绿色美景，胸部时时因叹息而起伏，叹息近似于祷告。又因为她有权利，所以嘴里轻轻地发出像是“托莱克”的声音，而嘴儿是她一个人的工具。嘻嘻嘻！

“卢拉，哎哟，我要爆炸了！”莱昂叉子上叉起了一块火鸡腿，眼镜顶在脑门上，呼叫，没办法逃避火鸡，得儿哒、得儿哒、得儿哒，神父坐在角落里。福克斯在寻找什么东西，库尔卡拿来樱桃，“请品尝，品尝小果子，换换口味”，但是这喧闹声还是掩盖不住完全的、特殊的、孤寂的、没有人气的寂静。我在喝红酒。

上尉小亲亲托莱克也喝酒。他昂扬着头。实际上，干什么事他都昂仰着头，要让人知道，谁也没有权利怀疑他的爱情，也真是见鬼了，就好像他没有权利正好爱这个、而并非别的女人似的，就好像这份爱情不如别人的爱情好似的！……于是对他这个雅黛绮卡表示出百般的温柔：“小金宝，你累了吗？……”于是力图站在她狂喜的高度上用爱情回应她的爱情。但是这里面有一点殉难的意味……“卢拉，扶住我，不然我要爆炸了！”卢卢和卢拉戴着天真无邪的表情潜伏等待着他们俩的温情，就像两只老虎期待着鲜血的气味似的；如果在马车上这个小神父以及给她们带来不少的乐趣，那么，这一对年轻夫妇，就像专门订做出来对什么人由着性儿拿来开心似的！

库尔卡端出来奶油大蛋糕，请品尝，请品尝，入口即化，请——但是，那只猫，那只猫，唉呀，唉呀，那只猫，先被吊起来，又被埋在树下，嘿，嘿，这一切都是为了这只猫，全部的招待，为的是抹掉这只猫的形象，所以她们才这么殷勤好客，她和莱昂！但是，这只猫依然扒在这儿不走。我忽然明白了：这次旅行的设想糟透了，没有比这个更糟的设想了，远距离什么也涂抹不掉，相反，只能发挥强化和确立的作用，就好像我们在那里和麻雀、和那只猫一起生活多年，多年之后我们来到这里，哟，哟，我吃了一小块奶油大蛋糕了。当务之急，就是快上马车，返回去，这是唯一要做的事……如果我们为了那个……而留在这儿……

我在吃奶油大蛋糕。和路德维克、和托莱克聊天。我已经精神恍惚，这儿的丰盛令人疲倦，不断地引出新的人物、时间、物体，但愿整个这个链条都戛然中断；莱娜坐在桌子旁边，大概也是十分疲倦了，嘴和眼睛依然对卢卢露出柔和的笑意（两个人都是新婚的），这儿这个莱娜乃是那个莱娜忠实的影像，与莱娜“有关系”的莱娜（这个“关系”令我膨胀，就像以前、像那次的敲击），福克斯把德罗兹多夫斯基沉没在烈性酒里，自己的两只眼睛突出，脸色在红黄之间，路德维克坐在莱娜身旁，很和气，话不多，神父坐在角落里……莱娜的手放在桌子上，叉子旁边，就是当时放在那儿的那只，我也想把手放在桌子上呢……但是我不愿意。虽然如此，新的线索还是开始形成，独立于原来的那个，一股新的活力在成长，地方性的……只不过似乎患病、虚弱……三对青年夫妇，都是新婚的，她们的身份增加了神父的重量和意义，而神父的道袍给三对新婚者带来喜庆的气氛，特别强调了婚姻的性质，所以给人的印象是，整个的招待会就像是一次婚宴。还有神父。神父虽然捏弄着手指头（手总是放在桌子下面，吃东西的时候才拿出来），但是他依然是神父啊；作为神父，他必须支持托莱克夫妇抵御卢卢、卢拉夫妇的诡计；还要补充一句，他的道袍也影响了库尔卡，库尔卡（在那只猫的事件之后）表现出强烈追求体面的倾向——库尔卡看着卢卢、卢拉这一对儿，越看越不顺眼，随着莱昂发出的笑声增长，她发出更大的不满意的咳嗽声音，何况莱昂的笑声还得到福克斯（因为德罗兹多夫斯基）醉醺醺笑声的捧场，得到我们其他人阴阳怪气蠢话的助威——在这个空旷、空虚、偏远得不能再偏远的地方，在大山深处的死一样的寂静之中——在这里，某种事物又开始纠结、离合、形成，但是都还不知道要抓住什么，我沿着自动显现出来的路线行进，抓住某一事物，把巨大的、吞噬一切的其他事物搁置一旁——而在那里，在住宅里，他者依然静静地保存在那里。

忽然出现了一个场景，把我和那只猫联系了起来……由于这个神父……

就像入夜后乌云里打出的第一道闪电，这件事十分清晰地暴露了我们大家与那个东西的关系。这个场面发生之前，库尔卡说了几句话（对托莱克，很客气地），比如，“托莱克先生，请雅黛绮卡把衣服上沾的一点糖掸下去”（又对莱昂说话，却是要让大家都听见），“你看，莱昂，道路不那么坏嘛，可以大胆开汽车来的，我跟你说了，让你请求塔代克借车，他肯定是不会拒绝你的，他多次提议说，车随时可以供咱们使用嘛……”（对卢卢说，挖苦），“哎哟，只顾着咯咯咯、嘻嘻嘻地笑啦，卢拉亲亲连蛋糕也没有吃啊”。这个时候，福克斯收拾盘子，他拿不准，他是不是惹我们讨厌（像惹德罗兹多夫斯基讨厌那样），所以至少要凭着收拾盘子的殷勤行为来讨好我们——但是他忽然站了起来，龇牙皱眉，拉长了他喝得半醉的鱼脸，打了个哈欠：

“真想洗个澡。”

洗澡，这是卢卢的、更是卢拉喜欢的话题之一呢——就跟“妈妈”这个话题一样——来的时候在车上我们就已经知道，她“不洗澡就没办法活下去”，还有“在城里一天不洗两次澡怎么能够忍得了”，还有“我妈洗澡水里要加柠檬汁”，还有“我妈年年去卡尔斯巴德泡温泉”。就是说，福克斯一说到洗澡，说想洗个澡，卢拉马上就夸张起来，说什么即使在撒哈拉大沙漠里，也要用最后的一杯水洗澡，“用水洗澡比拿来喝掉更重要，卢卢，难道你不用这杯水洗澡吗？”诸如此类的话……但是，虽然她说这矫情话，却渐渐领悟到（我也领悟到了），“洗澡”这个词儿开始偏离方向得不对劲，偏离到雅黛绮卡方面，不是因为她不洁净，而只是因为她有某种特殊的躯体利己主义，这一点让我想起来福克斯在另外一个场合说的话，“自己走向自己所求于自己”。[①]她对待自己躯体的态度，就好像这躯体只有对于她、所有者来说，才是可以容忍的（一如某些气味），因此造成了不喜

① 手淫主题的进一步发展。——英译者注

欢洗澡的印象。而卢拉用小鼻子闻了闻周围的气味，注意到从那个方向传来某种倾向，便继续发言，什么不限制就感觉要生病，等等，等等，卢卢也有话说出，莱昂、福克斯、路德维克、莱娜也是一样，一般在这样的场合下，都避免让人觉得对于水漠不关心而受到指责。但是雅黛绮卡和托莱克沉默不语。

一些人在说话，另外一些在沉没，在这样场面的影响下，浮现出类似雅黛绮卡不洗澡的设想……为什么，自己走向自己所求于自己吧……

从她那个方向又飘来比较强烈的气息——不适什么气味，而是某种个人的令人不快的东西，就像她自己做的卤汁——卢拉像是对某种气味特别敏感，脸上显出最天真烂漫的神色，甜美的样子，而卢卢在符合她，叽叽喳喳，语焉不详。实实在在的情况是，雅黛绮卡现在和原来一样，保持沉默，不加入她们的言谈——只不过现在她的内向带出一种洗澡的特征——但是，比她的沉默更显得沉重的是托莱克的沉默，因为，显而易见的是，托莱克和水有不解之缘，肯定是一个出类拔萃的游泳运动员，那为什么一语不发呢？为了让她在沉默中也不感到孤独吗？

“这就像是……”神父说。

他欠了欠身子，似乎觉得不舒服，又在那把小椅子上坐下了，静静的——但是，因为谁也没有料到他说出这句话来，所以这句话具有不同一般的作用，打破了卢卢和卢拉卿卿我我的对话，大家都看了他一眼。我不知道，是否所有的人都有同样的印象：他的粗壮手指、因为领口而变红的脖子、躯体的粗糙、他皮肤的毛病、皲裂、红肿，外加鼻子根部的一个小疙瘩——这一切把他和雅黛绮卡联系在一起了。雅黛绮卡和神父。道袍的黑色、搬动的手指头，她专注的眼神、她的信赖、他的爱情权利、她的难堪、她的焦虑；他忍受的折磨、他的权利，他的绝望，一切，一切的一切，都汇合成为清晰的、又不清晰的，可以感受到的、又感受不到的对应关系，成为他们自己共同的精华“自己走向自己所求于自己”。

我还在吃奶油大蛋糕。已经不再吃了，我的嗓子发紧，嘴里都是蛋糕，我注视着……这个……这个……叫什么来的？反观自己，自己的残酷，自己的肮脏、自己的罪行、内省自身、判决自己，啊，自私自利！以我为主！于是，闪电般地，这个思绪想到了那只猫，这只猫就在这儿，这儿……

这只猫爬到我身上来了，我感觉到了这只猫。我感受到了被埋葬的这只猫，被掐死的猫，——被吊在麻雀和小棍之间的猫；麻雀和小棍儿都在那儿，静止不动，她们的存在日益膨胀，在一个被遗弃的、荒芜的地方，在静止不动状态中坚持不懈。魔鬼般的怪异！渐行渐近！越是卑微和毫无意义，乐师令人厌恶和威猛强烈！这是何等的陷阱，何等的地狱般狡猾的埋伏！何等的圈套！

那只猫，那只猫——被掐死的、被吊起来的那只猫！

八

路德维克昏昏沉沉地对莱娜说，得睡个午觉了。说得对啊，一大清早晨起来乘车旅行到现在，真是得睡一会儿了。大家都站了起来，开始找毯子。

“滴——里——里！”

是莱昂横出来的小曲。但是比平时更响亮，引人注意。库尔卡感到奇怪，问他：

“你怎么了，莱昂？”

他一个人坐在桌子旁边，满桌子上都是杯盘和酒宴美味残余物，他的秃顶和眼镜闪亮，前额上冒出汗珠。

“贝尔格[①]！”

“什么？”

“贝尔格！”

“什么贝尔格？”

---

① 德语中的“山”一词；在作家笔下演化出包括动词意义的各种词义，见下文——译注

“贝尔格！”

没有一点的善意。牧羊神、凯撒、巴克斯、埃拉加巴卢斯、阿提拉。接着，莱昂在眼镜后面露出微笑，挺和气。

“什么也没有，老婆，是两个犹太人在说话……一个笑话……等以后我告诉你……”

都告一段落吧，散了……桌子没有人收拾，桌面上散乱，椅子被推开，空房间里有毛毯、床，疲惫不堪啊，酒劲儿上来了，困乏。

午睡以后，大约五点钟，我来到这座房屋前面。

绝大多数的同伴都还在酣睡，这儿没有人。草地上竖立着云杉，摆着大石头，阳光灼热，我身后这座房屋发出酣睡声，苍蝇嗡嗡声，面前是这块草地，远处是山，周围都是山，山连着山，而且长满森林，在一片寂静之中，名副其实的深山老林。这不是我的地方，和我有什么关系，如果我来过这儿，那我也能够去过别的地方，都是一样的，我知道，在高墙般的大山之外有另外的、生疏的地域，但是对于我来说，也不是更为生疏的，在我和这风景之间，形成了某种的冷漠关系，这种关系能够变成某种严酷，甚至更坏的现象。到底是什么？在这些草地和深处耸立起来的、陌生的、毫无意趣的、与世隔绝的森林明显的沉睡中，让人想到突如其来的捕捉、扭曲、掐死，还有，哈哈哈，吊起——但是这样的事是在“外面”，“不在这个地方”。我在阴凉里站着，就在房子前面，在树木中间。我牙里叼着一根草茎。炎热，但是空气清新。

我回头看了一下。莱娜站着，离我有五步远。

她站着。我突然看见她，首先觉得她很小——一个儿童似的——投入我眼帘的是她浅绿色的连衣裙，没有袖子。但是这只是一瞬间。我扭过头去，望着另外一个方向。

“好看吗？啊？”

她说，因为她必须得说句什么话，既然站在五步远的地方。我还是没有正眼看她，有意不看是感觉难堪的——她是来找我的吗——见我——她还是要跟我一起作什么事——想到这儿，我感到惊骇。我没有看她，不知道该怎么办；我站着，不看她。

“您怎么不说话呀？太高兴了吧？”

哟，这不是卢卢、卢拉的语调吗，她已经学会了……

“莱昂先生说的大风景在哪儿呢？”

我开口说话，是没话找话说吧……她的微笑轻而无声，雅致：“我怎么知道呢？”又是沉默，但是已经不太明显，因为一切都很缓慢，炎热，傍晚来临，石头子儿，一个甲虫，苍蝇，土地。我不能拖时间，得赶快回答了，便说道：“很快会知道的。”

她也立即回答：“是的，我爸爸说吃完晚饭以后，带大家去。”

我又没有回答，瞧着我前面的地面。我和地面——她在侧面。我感觉到不舒适，甚至厌烦，希望她快走……我又想说句什么话，但是在说话之前，我瞥了她一眼，就在这么还不到一瞬间里，我竟看出来，她也没有看着我，目光对着别的什么地点，跟我一样——我和她互不理睬的情势让我感觉到一股不愉快的虚弱，这种虚弱来源于疏远，我们，我和她、她和我来到这里时间还不够长，我们是从别的什么地方抛弃到了这儿的，患病，还不熟悉这儿，就像在梦中无视一切的鬼魂，是和别的什么东西联系在一起的。她的嘴是否依然和那个嘴唇的斜线“有联系”呢，那嘴唇在那儿，在厨房里或者那间小屋里呢。得查一查。我瞥了一眼，没有看清楚她的嘴，但是我看到，是的，就是它，那张嘴和另外那一张嘴在一起，就像地图上的两个城市，星座里的两个恒星；现在更是如此，虽然隔了一段距离。

“大概几点出发？”

“大概十一点半。我不太清楚。”

我为什么对她要这样呢？

这样地损害自己……当时，第一天夜里，在楼道里，我为什么……开始……（唉，我们的行为，从一开始就是挑逗的、任性的，像地里的蚱蜢一样，开始的时候缓慢，但是一旦再度活动，就带有痉挛的性质，像钳子一样夹紧，不放松——所以，还有什么要知道的呢？——在那儿，在夜里，在楼道里，我觉得，她的嘴和卡塔霞的嘴第一次连结在一起，咳哟，这是任性、想象、微不足道、稍纵即逝的联想！今天呢？上帝啊，现在能作什么呢，怎么办呢？尤其是现在，我完全损害了她，甚至要走到她面前，抓住她，往她的嘴里吐唾沫——我为什么要这样地损害她呢，这比强奸一个小姑娘更可恶，这是对我的强奸，我“为了自己”而强奸了她，这个词语出现在神父后面的背景上，有一股罪孽的气息，我意识到，我处在教会的致命罪过状态之中，这个情况托出了那只猫，于是那只猫出现）。

地面……土块……几厘米以外又有两块……一共有几

块？……两块，三块……得走几步散散步……得承认，空气好……又有一个土块……隔了几厘米？

“午餐后我睡了一会儿。”

她说这句话的嘴，我是知道的（已经不可能不知道），她这张嘴被那张嘴损坏，她的嘴……

“我也睡了一会儿。”

这不是她。她在那儿呢，在家里，在种了刷上白灰、绑在木棍上的小花园里呢。我也不在这儿。但是，正是因为如此，在这儿，我们才是百倍地重要。就好像我们是我们自己的象征物似的。地面……土块……草地……我知道，由于有距离，得走一走，而我在这儿站着，由于有距离，今天在这儿的重要性变得巨大。而且具有决定性意义。还有巨大这一点，它的意义，啊，不管它了，走吧。巨大，那是一只什么小鸟，巨大，太阳已经西斜，要散步，走一走……如果我掐死了那只猫——又把它吊了起来，那就是有必要把它掐死，还吊起来……为了我自己。

在路旁的丛林中，它，这个麻雀，吊着，墙壁凹处也吊着小棍儿，都是吊着的，但是这中静止不动中的静止不动超过了静止不动的全部的界限，第一个界限，第二个界限，第三个界限，要超过第四个、第五个、第六个石头子儿，第七个石头子儿，细小的草叶……已经清凉……我观看周围，她已经不在，走了，带着她那一张性感的嘴，带着那张嘴到别处去了。我走开了，换言之，从我原来所在的地方走开了，在草地上行走，在阳光下行走，阳光已经不那么灼热——我在大山深处的寂静中行走。地面上低凹的地方吸引了我的注意力，主要是草丛中的石头子儿，让我行走困难，真遗憾，她没有反抗，但是，从另外一方面看，如果说话仅仅是制造一点声音的借口，那么这个人还怎么能够提出反抗呢，哈哈哈，正如在掐死那只猫以后让她“提供证据”一样，所以她不反抗，没有反抗。这次的会晤多么不愉快，都不正视，不正眼看一下，像盲人似的——草丛里的花却越开越茂盛，有蓝色的，有黄色的，一串串的云杉嫩枝，松枝，地面成了斜坡，我走得也远了，某种难以理解的陌生感和遥远感，蝴蝶在寂静中飞舞，微风轻轻吹拂，土地和绿草，森林变成树冠，一棵树下又一个秃顶和眼镜——啊，是莱昂。

他坐在树墩上，正在抽烟。

“您在这儿做什么呢？”

“什么也没有，什么也没有，什么也没有，什么也没有，

什么也没有，什么也没有。”他回答，祥和地笑了一下。

“您挺高兴的。”

“什么？啊，什么也没有！名副其实的：什么也没有！嘿，这是语言游戏，嗯……我觉得这个‘什么也没有’挺有意思，您注意，尊贵的同伴，会说笑话的，因为‘什么也没有’正是人一辈子做的事情。一个人站着、坐着、说话、写字……什么也没有。一个人买东西、卖东西、结婚、不结婚——都什么也没有。苏打水。”

他慢条斯理地说，挺冷漠的，跟施舍一样。

我说：“您这样说话，就好像您从来没有工作过似的。”

“工作？还用说吗？怎么没有？当然了！那家小银行嘛！小银行！没名气的银行，小铺面！大鲸鱼。嗯。三十二年！又能怎么样？什么也没有！”

他考虑一下，往手里吹了一口气。

“从手指头缝里流走了！”

“什么流走了？”

他的鼻音浓重，回答得单调：“一年分成十二个月，一个月分成三十天，一天分成二十四小时，一小时分成六十分钟，一分钟分成六十秒，时间一秒一秒地流过去。你抓不住。就是要流过去。逃走。我是谁？我是一定数量的秒数——一秒一秒地都流过去了。结果呢：什么都没有。什么都没有。”

他忽然愤怒，大喊：“这是盗窃行为！”他摘下夹鼻眼镜，开始颤抖，小老头的样子，像那些愤怒的小老头，这些人有时候站在街角、在电车上、在电影院前面抗议。该不该对他说话呢？说还是不说？说什么？我还在犹疑，不知道往左走还是往右走，线索、联系、暗示太多，如果我要从头历数，非要弄糊涂不可，软木塞、托碟、手的颤抖、烟囱、乌云般的无法破解的事物，控制不住的一团，一个细节连着另外一个细节，咬在一起，但是接着又出现另外的连结，另外的方向——这就是我生活的幻境，好像我不是活着似的，混乱，一堆垃圾，一团泥浆——我的一只手伸进装满垃圾的口袋，不管有什么，就掏出一把来，看看能不能用在建筑……我的小房屋……这个小房屋，可怜的，需要奇异的形状……没有终结……但是这个莱昂呢？我早就在琢磨着，他似乎总在我周围打转儿，甚至附合着我，有某种类似的性质，例如，他迷恋于一秒一秒的时间，如同我注意微末细节，对呀，对了，还有其他的细事，让人思考呢，晚餐时候那些小面包球和其他小事儿，还有那“滴——里——里”，还有最近，我也不知道为什么，我恍惚觉得，这讨厌的“利己主义”(“自己走向自己所求自己之所需”)，虽然从托莱克和神父方向向我蔓延，不知道怎么也是往他那儿钻去。现在暗指一下麻雀和住宅里面全部那些奇奇怪怪的东西会有什么不好呢？把这些指给他，看看能看到什么，我就像一个巫婆一样，看着玻璃球，看着一股轻烟。

“您紧张了，实际上没有什么奇怪的……在这几天发生的小事之后。那只猫……看着都是小事，可也是让人费脑筋，摆脱不了，就好像中了什么毒……”

“一只小猫吗？太小的一件小事啊，谁还把一只小猫死尸的喵喵叫唤放在心上啊！兄弟，你瞧，一个牛虻嗡嗡地叫，多可恶啊！那只猫尸体昨天还抓弄我的神经呢，抓弄得讨厌！今天呢？今天我抬头远看山峰——我的女儿，嗨，嗨，嗨，我仅有的女儿！我承认，我感到神经紧张，但是这是一种欢乐的、愉快的、欢庆的紧张，哎嗨哟，喜庆气氛！喜庆！亲爱的先生，您，您，您注意到了什么情况吗？”

“什么？”

他一根手指头指着纽扣孔里的一朵小花：“请您过来用

您的小鼻子闻闻。”

闻闻他？这真的让人感到不安……“为什么？”我问。

“我洒了一点香水。”

“您为客人洒了香水吗？”

我坐在一个树墩子上，稍微远一点的地方。他的秃头和眼镜凑在一起，形成了一个玻璃圆顶状的整体。我问他是否知道周围这些山的名称，他不知道，我又问，这河谷叫什么名字，他嘟囔着说，原来是知道的，可是忘记了。

“这些山和您有什么关系呢？还有山的名称。和名称没有什么关系吧。”

我想问他“您说和什么有关系呢”，但是话到嘴边又咽回去了。还是等他自己说吧。在这儿，这个偏远的地方，“大山那边，森林那边，玛乌果莎特卡跳舞哟，搂着一个小山汉！”啊，对了，对了，我和福克斯当时走到墙根，发现了木棍，当时也是觉得，是到了天涯海角——不好闻的气味，大概是尿味，炎热，一堵墙——而眼下，在这儿，为什么还发问呢，等着它自己回答就是了……因为，无需置疑的是，某种新的安排正向我逼近，某种新的情况对着我出现，连接……但是，还是不说为好。我坐着，好像没有我这个人似的。

“滴——里——里。”

我不出声。坐着。

“滴——里——里。”

还是沉默，草地、晴空、太阳已经西沉，影子越来越长。

“滴——里——里。”

但是这一次它使出了全部的力气，好像发出冲锋号似的，却又忽然说出：

“贝尔格！”

响亮而清晰……让我不能问这是什么意思。

“什么？”

“贝尔格！”

“什么贝尔格？”

“贝尔格！”

“啊是的，您说，有两个犹太人……犹太人的笑话。”

“怎么会是笑话！贝尔格是‘山’的意思！爬山进山，您注意，有了山才进山……滴——里——里。”他补充说，这个老滑头。

他颤动双臂，甚至双脚——好像这是内在的舞蹈——得意洋洋地。从躯体不可见的内部，他机械而无声地重复着：贝尔格……贝尔格。沉默了。等待着。

“好了。我去散散步……”

“您请坐，大太阳下散步有什么好啊。阴凉里舒适多了。舒适。这样细腻的舒适是最好的。有味道。味道好。”

“我注意到，您喜欢细腻的舒适。”

“怎么？什么意思啊？请原谅？”

他透露出来一股内心的笑意：“老实话，说实话吧，您一定还想着我在餐桌上、当着我太太的小游戏吧？有不妥之嫌，是啊，没出丑就好啊？主要的是，她不知道……”

“什么呀？”

“这儿的山。想着山进山是我爱好山峦的表现！”

“那好……您休息吧，我去走一走……”

“您忙着到哪儿去呢？请您待一小会儿吧，我有话……”

“什么话？”

“有意思的话。您会觉得有意思……”

“您太麻烦了。都是老事儿。旧事儿。”

沉默。树木。阴影。一小片草地。这话我说得很轻——

不伤人吧？最多他会觉得恼怒，把我撵走。能怎么样呢，翻脸了，我搬个地方去住，或者返回华沙，再惹我爸生气，凭我这个让人没办法忍受的脾气把我妈气得绝望……唉，他不会动气的……“您太麻烦了”，这是我说的。一小片草地。沉默。我只警惕一点：别让他对我发火。我担心的是，他发狂，疯病，那样的话，他会不顾一切，他和他全部的故事、全部的坦言，还有我的故事，都可能先得以一个可怜白痴乱成一团的疯话为依据的——都是荒诞不经的。可是说他找麻烦……唉，我可以利用他的，他也许会把我和雅黛绮卡、和神父、和那只猫、和卡塔霞……联系起来，可能对我有帮助，成为我房屋的又一块砖头——在外层边缘辛苦建造的小屋。

“您为什么跟我扭着呢？”他随便问道。

“没有啊。”

周围是大自然的寂静……

不管怎么说吧，即使我惹恼了他，也是在外面，隔了一端距离……像透过望远镜一样。

“我想问一问：凭什么权利呢？”

“您太贪酒色。”

“得了，您说的就到此为止吧！请您允许，我请求您，请您公正评评理，我，莱昂·沃伊迪斯，一个模范父亲，从来没有犯法之事，一辈子勤劳工作，日复一日，只有礼拜天除外，从家里到银行，从银行回家，现在虽然退休了，但是依然为人表率，早晨六点半起床，晚上十一点半就寝（除非有桥牌牌局，得到老伴许可），尊敬的先生，在三十七年的婚后生活中，连一次也没有和别的女……女……女人……嗯……嗯……没有背叛过。一次也没有。整整三十七年。一次也没有。请您记住。我是一个好丈夫，温柔、宽容、有礼貌、脾气好，是最好的父亲，慈爱，对人喜兴、热情、善良、助人为乐；您说说，我这一辈子有什么给了您理由指摘我，说我悄悄地、完全非法地，干了什么，酗酒、夜总会、聚众狂饮、放荡、流氓行为、找窑姐儿胡混，挂起中国灯笼和婢妾饮酒作乐，但是，你可以看到，我自己安静地坐着，聊天——”他直直地对着我的脸得以高喊，“我是正派的，是什锦蜜饯！”

还什锦蜜饯呐！什么无赖啊！

“您常常手淫。”

“怎么回事？对不起，不明白。您的话，该怎么理解呢？”

“自己走向自己索求自己之所需！”

“什么意思？”

我的脸贴近他的脸，说：

“山！”

这个词儿起了作用。他先是惊骇得摇摆身子，这个词儿竟从外部传来。他十分诧异，瞥了我一眼，甚至带着怒火，反诘：

“您知道什么情况？”

但是稍后他大笑起来，笑声发自内心，让人觉得他笑得要肿了起来：“哈哈哈，是啊，有道理，攀山上山两次、三次，凭轻轻的、谨慎的作业办法，白天黑夜，时时可行，最喜欢在全家聚会餐桌旁，在内人和女儿的眼前！上山，上山！您的眼睛真尖啊！但是，尊敬的先生……”

他严肃了起来，想着什么事，突然想起什么来，便掏衣袋里的东西，抓在手掌里给我看：纸里包着的一点糖——两三块水果糖——吃饭用的叉子的一个齿，两张不雅的照片——火柴。

都是细小的东西！细小得跟那些土块、箭头、木棍、麻雀一样！我立即断定，就是他！

“这是什么？”

“这个吗？最高法院列举的糖果山和惩罚山。去惩戒厅的惩戒和美味温柔厅的糖果山。惩罚与奖赏。”

“您惩罚谁、奖励谁呢？”

“谁？”

他坐着，很死板的，伸出一只手来“自己”反复瞧，像神父“自己”搬弄手指，像雅黛绮卡“自己”唉……和……和……和我“自己”糟蹋……我不再担心会发疯，现在我倒觉得，我俩正在做一件什么事——做得沉重。是的，沉重的工作，一定距离外的工作，我“自己”抹了一下前额——实际上前额是干燥的。

炎热，但是不太厉害……

他一个手指沾上唾液，用它在手掌上画一条线，然后细看手指甲。

“您为自己削萝卜皮。”我说。

他兴致勃勃地笑了，好像对着一切方向，虽然坐着，却像在跳舞：“唉，是啊，唉，是啊，是为自己削萝卜皮啊！”

“是您吊死麻雀的吗？”

“什么？谁？麻雀？没有。没的事！”

“那是谁啊？”

“我怎么知道？”

谈话中止，我不知道是不是再开始，在这寂静的风景之中。我开始抠掉裤子上已经干燥的泥点。我和他坐在一根圆木上，像两个议员，只不过是不知道该讨论什么。我又对他说：“山……”但是声音更细、更轻，而且我的预感不错。他瞧了我一眼，表示尊敬，悄悄地说：

“山，山，山呀山，我看您是个上山的人！”

他实实在在地问：

“您上山吗？”

他微笑了：“我亲亲的先生！亲爱的您也许猜透了，我为什么让您知道这个上山的事儿吗？您心里是怎么想的啊？莱昂·沃伊迪斯就这么个傻瓜，让别人知道这上山的事儿？天大的笑话！我让您知道，因为……”

“因为什么？”

他轻轻拉住我的耳朵——又轻轻地对着耳朵说话。

“我告诉你！为什么不告诉你呢？因为您对我女儿，沃伊迪斯家出生的海伦娜·莱娜，沃伊迪苏芙娜上山，和我女儿上山。玩上山。偷偷地。您以为我没有长着眼睛吗？恶棍啊！”

“什么？”

“流氓！”

“您要干吗？”

“蔫坏的东西！思慕着我女儿上山！悄悄儿的，甜蜜蜜的，您，亲亲的先生，当她的一号心上人儿，在裙子底下上山。滴——里——里！”

树皮、瘤结、脉络，所以他知道，他猜想到了……所以我这个秘密就不再是秘密……但是他知道了什么？怎么跟他说呢？直接地，还是……私下里呢？

“贝尔格——上山。”我说。

他看了我一眼，表示尊重。一群白色蝴蝶，像一个翻动的圆球，掠过草地，消失在小溪旁边的落叶松后面（这儿附近有一条小溪）。

“您上过山？哈，您倒也不是个呆子。我也上山。咱们一起上山吧！但是要发誓，一个公民要有信用，对谁也不能露一个字，因为如果您，比如，对我的内人，我的小鲜花儿，走漏口风，您就得滚，滚出去，脑袋先出去，就因为在我亲爱女儿的床上发出欲望引诱！听明白。这是因为把您看成了值得信赖的人，才决定，按照法令……第 12 号 137 条，允许您来参加今天我的上山纪念庆祝活动，我最隐秘的上山节日，配有鲜花和香水。换言之，您因为我把您请到这儿来是为了欣赏风景的吗？”

“那为什么呀？”

“为了纪念。”

“纪念什么？”

“周年。”

“什么周年？”

他看了我一眼，虔敬地说，带有某种关切的语气：“什么周年？我一生最大的趣事。二十七年前的。”

他又看了我一眼，已经是圣人的目光，甚至是殉道者的目光了。他补充说。

“跟一个厨娘。”

“什么厨娘？”

“当时在这儿的。先生！一辈子就这么一次幸运，但是很好！这一次的愉快，我一直放在心里，当成最神圣的圣物。一辈子只有一次！”

他沉默了，这个时候，我环顾了一下周围的山峦，山，山连着山，岩石，岩石连着岩石，森林，森林连着森林。他手指沾了唾液，用它涂抹了手掌，细细观看。然后缓慢、平常、却又认真地说："我想让您知道，我早年的生活平淡无奇。我们住在一个小镇上，在索科沃沃，我父亲当合作社社长，您知道，必须小心谨慎，因为在小镇上，有什么事，镇上的人立即就会知道，您知道，在小镇上生活，就跟在窗玻璃里面似的，你的每一步、每个动作、每个眼神，都一览无余，而且，我承认，慈爱的上帝，我就是在平常的看护下长大的，而且，我承认，我从来就没有多大的勇气，哈哈，胆小，不多说话……因为我知道……有机会的时候，我自然就抓住，有办法就要用，但是不说出来。机会总是不多。纵使平平常常的。后来呢，您知道，我进了银行之后不久，就结婚了，我不知道，有一点，是的，也不太多，主要还是住在小镇上，像在窗玻璃后面一样，什么都能看见，因为结了婚，看见得更多，您知道，一个人看着另一个人，从早晨到晚上，从晚上到早晨，您可以想象，在我内人、后来还有我孩子的锐利目光下有什么感觉，但是，还有呢，嘿，在银行里也是互相观察，于是我找到了在办公室里的一点好玩的事，用指甲在办公桌上划道道，科长正好来了，您用指甲划什么呢？咳，真是糟糕，但是，无论如何，您明白，我得找一点更细小好玩的事干，歪道上的，几乎看不见的游戏；有一回，我们住在德罗霍贝奇的时候，来了一个女演员作客座演出，十分的风骚，干脆就是个母狮子，在公交车上我偶然地碰了她的小手儿一下，所以，先生，一下子就疯了起来，狂了起来，撒起野来，要再碰一下，但是不行，办不到，到最后，就这么硬憋着，我脑子清醒过来了，我心里想，你干吗要碰别人的手呢，你自己就有两只手嘛，您信不信啊，经过一定的训练，人可以变成专家的，一只手可以揉搓另外一只，比方说，在桌子底下，谁也看不见，看见了，又能怎么样，不仅可以揉搓双手，比方说，还可以揉搓大腿，或者用手指头揉耳朵，因为，如果目的是得到一点舒服，用自己的身体，就能得到舒服，但是得承认，不一定很多，但是总比一点没有强，当然都愿意找到一个小妾呀什么的……但是没有……”

他站了起来，弯了一下腰，唱了起来：

你喜爱的你没有
你只能爱你有的

他鞠了一个躬，又坐下了。“所以说，我不能抱怨，因为已经从生活里取得了恩惠，其他人得到的多，那又怎么样，而且，每个人都会吹嘘，夸耀跟这个娘们、那个娘们相好，实际上还是光光的，回了家，往那儿一坐，脱了鞋，一个人往床上一躺，我干吗要说这么多的废话呀，您看，我至少，作为一个人，开始给自己创造些细小的但是也不一定是情色的愉快，比如，您可以像王爷一样玩弄小面包球，擦一擦眼镜片，这些玩法我大概玩了两年，而他们，却一直拿家务事、办公室的事、政治、来麻烦我，而我呢，就注意这幅眼镜……这就是我要跟您说的话，啊是的，您大概不大知道，一个人因为这些微末小事而膨胀，您是不太会相信的，人会膨胀，您的脚心痒痒，好像在加里西亚什么地方那样，因为脚心痒痒而得到一点满足，这都取决于态度，有什么样的意图，先生，如果说长鸡眼弄得脚疼，怎么就不会也带来点愉快的呢？舌头舔牙缝，不是也一样的吗？享乐主义，或者讲究，可能是双重的，因为，首先有野猪、水牛、狮子，其次，有跳蚤、策应，就是说，有大的尺度和小的尺度，但是，如果是在小的尺度中，则需要有微缩、分开和适当切分的能力，或者说拆卸成为部分的能力，因为品尝一块糖果可以分成几个阶段，第一是闻味，第二是舔，第三是入口，第四是舌头用涎水把玩，第五是把它吐出来放在手上，观赏，第六是用牙把它咬成两半，说了这几个阶段，我就打住吧，您看，这事办得不是挺好的吗，用不着舞伴、香槟酒、晚宴、鱼子酱、低开口胸衣、福禄披巾、长丝袜子、运动短裤、大胸、打扮、调情，嘻、嘻嘻、嘻嘻嘻，先生，您怎么敢这样，嘻嘻嘻，哈哈哈，哟吼吼、噎嗨嗨、咦……，摸我的脖颈子呀，啊。我坐下来吃晚餐，跟家里人聊天，自己也悄悄地喝点巴黎咖啡，音乐咖啡。让他们抓住我吧。嘻嘻嘻，他们抓不住的！全部的秘密就是某种内在的享受，最豪华舒适的，有折扇、有羽毛，和大苏丹塞利姆一样。重要的是大炮的射击。以及敲钟。”

他站起来，鞠躬，唱道：

你喜爱的你没有

你只能爱你有的

鞠了躬。坐下。

“您心里一定责备我是一个疯子吧？”

“有一点。”

“那好，责备就是了，减轻一点。我表演一点疯劲，是为了减轻。因为如果不减轻一点的话，情况就会变得太困难了。您喜欢舒服吗？”

“喜欢。”

“所以，你看，咱们的看法差不多一致了。很简单的。人……喜欢……什么？喜欢喜欢的事。喜爱喜欢上山。”

“上山。”

“什么？”

“上山！”

“怎么上？”

“上山。”

“够了！够了！不……”

“上山！”

“哈哈哈哈，您上山比我快呀，冷静，却准备好爆炸呀，哈哈哈！上山嘛！努力啊！前进！向前！向前，上山！”

我看看地下——又望着地面，地面的小草……团团的泥土……千千万万个颗粒！

"舔！"

"什么？"

"舔，我说，舔上山……或者抹上唾沫！"

"您说什么？说什么？"

"自己抹上唾沫上山再进山！"

草地。树木。树墩。情况的巧合。偶然的。不要惊慌！他所到"抹唾沫"也是偶然的……当然是往嘴里……安静！他说的不是我！

"今天晚上庆祝。"

"什么庆祝？"

"今晚上山朝拜。"

"您十分虔诚。"我说，他瞧了我一眼，却像以往那样流露出奇异的忧虑，开玩笑却又谦卑地说："怎么能不虔诚啊，虔诚是绝对的，不由分说的，必不可少的，因为深知最小的愉快都不能没有虔诚的啊，啊，我说的什么话呀，连我自己也不知道，有时候我觉得在一座大修道院里迷失，但是，请您理解，这都是隐修的，是我欣喜的神圣弥撒，阿门、阿门、阿门。"

他站起来。鞠躬。他唱出：

“这是弥撒！”

他鞠躬，坐下。他说明实情：“要点是，年幼的莱昂·沃伊迪斯，在灰色的生活中只体会到一种欣喜，可以说，绝对的欣喜……和一个厨房帮工姑娘，这个山里的人，二十七年前。现在是周年。不过，也还不是完全的周年，还差一个月零三天。他们，”他向我俯身，“他们还以为我带他们到这儿来欣赏这风景的呢。实际上，我把他们带到这儿来，因为我和那个厨娘……二十七年前，差一个月零三天……来朝拜的。内人、孩子、女婿、神父、卢卢、托莱克，都是来朝拜我那次欣喜的地方，上山欢喜进山来，我在半夜把他们带到那块大石头旁边，我跟厨娘在半夜里在那儿山、山、进山！让他们参加！朝拜进山，喜乐进山，哈哈哈，他们还不知道呢！您知道了。”

他微笑一下。

“但是，您还有所不知！”

他微笑了一下。

“您上山吗？我也上山。咱们一块儿上山吧！”

他微笑了一下。

“您去吧，您去吧，我想一个人待一会儿，做好我作弥撒的准备，要虔敬灌注，郑重回忆和再现，这是庄重的一天，庄重的一天，哎，最崇高的庄重的一天，请留下我一个人，我要斋戒、祷告、净洁、准备好为我当年的欣喜作礼拜、在这值得纪念的一天里我享有过的神圣的欢乐！再见！”

草地、树木、山峦、太空，夕阳西下。

“您不要以为我这个人散漫……扮演疯子来解困……实际上呢，我是一个隐修士和主教。几点钟了？”

“过了六点了。”

当然，“吐进去”是一个巧合，他不可能知道莱娜的嘴在我身内，他不知道的，不过让人感兴趣的是，巧合发生得比一般设想得更为常见，一物与另一物连在一起的黏性，事件、现象，就像磁性的球儿一样，靠得近的时候，就连结在一起……最常见的是……但是，他发觉了我对莱娜的激情，也没什么奇怪的，他不是差等的专家，但是他是不是吊死了麻雀呢，那箭头、木棍、也许还有横木的事儿，是不是他干的呢？……大概是他……是的，是他……但是有趣，十分有趣的是，是他或者不是他，都一样，什么也改变不了，这样或者那样，麻雀、木棍都在那儿……都带有同等的力量，一点也没有减弱，啊上帝，难道就没有挽救的办法了吗？但是，有意思，太有意思了，我和他之间这样偶然的汇合，没有想到的汇合，有时候几乎是明确的，例如，他也……注重细小的事情，他的各种小事都和我的类似，是不是我和他之间存在某种共同的东西——但是，是什么呢？——他不是好像在伴随我、推动我、勾引我吗？……有的时候我的确有这样的印象：我在和他合作，像是在分娩——好像两个人要生出什么来——等一下，等一下，但是，另外一方面（还有第三个方面吗？到底有多少个方面啊？），我们还不能忘记那种“一己利益”，也就是说，“自己走向自己……”，也许这谜语的答案就在这里，就是这儿鼓弄/搓弄的东西的答案，哎，这个“自己”像是从她和神父和从托莱克那儿分娩升腾起来的浪头——这其中有十分折磨人的东西——而这一点向我接近，像森林一样，啊，森林，我们说“森林”，但是这究竟是什么意思呢，有多少细节、微细的部分、分子构成一棵树的一个小叶子，我们说“森林”，但是这个词语是由未知的、不熟悉的、无法概括的因素组成的。土地。泥土。石头子儿。在晴朗的一天，你休息，周围都是平常的、日常的东西，都是你从小时候就熟悉的，绿草、树丛、狗（或者猫）、椅子，但是有朝一日你会明白，每一件物品都是一支巨大的军队，不可穷尽的大群。我坐在这个树墩上，像坐在行李箱上等火车。

“今天晚上要去朝拜差一个月零四天满二十七年前我最高的和唯一欢乐经历的地点。”我站了起来。但是显然他不愿意不介绍完详细的情况就放我走，于是他赶紧述说，“今天夜里要秘密纪念山间上山日！风景！所有的人都到这儿来，就是要为了庆祝我和这个厨娘的伟大的欢乐，我跟你提到过的，这个厨娘，隐蔽所里的……”他大喊，我走开了，草地、树木山峦、阴影，都像秃鹰……

我漫步，芳草，有的变黄，有的变红，开着小花，香味，香味又像、又不像原来在小花园那儿草丛的香味，那墙壁、福克斯和我靠近那条线，扫帚把的线，我们经过了捆在木杆上、刷了白灰的小树地段、和长满杂草、堆满瓦砾的荒地地段来到……和尿味，或者别的什么东西的气味，在炎热中，尿味和木棍在等着我们，在恶心和蒸腾的气味中，后来，不是立即，而是后来，要和横木、横木结合起来，在那个棚子里面的杂物中间，杂物包括皮带、垃圾，使得棚子里显得更加湿热，门半开着，那根横木把我们推向卡塔霞的小屋，厨房、钥匙、窗户、常春藤，那里的各种敲击声引导出库尔卡敲打树干的声音，莱娜敲打椅桌子的声音，这一切把我推向云杉、树枝、大枝丫，我爬出来，那儿就是那个茶壶、茶壶、茶壶、茶壶，这把茶壶把我投放在那只猫上……那只猫，猫！我和那只猫，当时，嘘……污秽的勾当，我把它扔了……我想着这些事，轻轻地，迷迷糊糊地，草地为我催眠，我慢慢地走，看着脚下，看着这些小花，在平地上忽然掉在陷阱里。

也算不了什么陷阱，愚蠢……前面有两块石头，都不大，一块在左边，一块在右边，稍微远一点的地方，左边，有一小条咖啡色的土壤，蚂蚁搬出来的，左边远一点地方有树根，黑色的，腐烂的——一切都排在一条线上，在阳光下，在光辉之中，在光线下——我已经要穿过这两块石头走，但是在最后一瞬间我向旁边偏离一丁点，经过石头和松土之间，这是最小限度的偏移，就一点，一丁点，这样走、那样走都可以的……然而这些许的偏移是没有依据的，令我感到不安……于是我又机械地向侧面移动一点，走最初想走的方向，走石块之间，但是这个时候，我感受到了某种困难，咳，极小的困难，源于这样一个事实：在两次偏移之后，我在两块石头之间穿过的想法带有了做出决定的性质，当然是极小的决定，但是无论如何也是一个决定。这是没有得到证实的，因为草丛中的那些东西十足的冷漠态度不能促使我做出决定，这样走或者那样走还有什么区别呢，何况这山谷被森林哄得沉睡，已经木然，像块干死的鱼或者苍蝇的嗡嗡之声，迷醉，大醉。宁静。沉溺，遐想，聆听。因此，我决定从两块石头之间走……但是刚刚过去的这两秒钟的决定，更多地是一个决定，可是怎么决定呢，因为怎么做都是一样的啊……所以我又踯躅起来。我感到厌烦，又迈出脚，要走过去，从那石头和泥土之间，但是我看到，如果我三次开始在石头和泥土之间行走，那这就不是一般的行走，而是某种更重要的事了……于是我选择树根和泥土之间的路……但是我注意到，正如我所担心的那样，我又想要走石头和泥土中间，然而，见鬼了，出了什么事了啊，怎么回事嘛，我并不愿意站在这个地方的呀，到底是什么呐，我不是在跟恶魔打仗吧，上帝！……这是什么？这是什么呀？暖烘烘甜美的梦裹住了芳草、花朵、青山，连一茎草叶也不稍动一下。

我伫立不动。站着。但是，我这样站着感到越来越不负责任了，甚至是疯癫的，我没有权利在这儿站着，**这样不行，我得走**……但是我还是站着。这个时候，在这静止不动状态中，我的静止和那边树丛中麻雀的静止、和在那边静静地让麻雀、木棍、猫静止不动同一起来，和那没有生气的、不停息的环境同一起来，在那里，静止层层增长，就像我在这儿、在草地上越站越稳，简直动也动不了了……却立即走开了。突然排除了自身身上的一切畏难情绪，顺利走过去，甚至不知道走哪一条路线，因为这已经没有什么意义，我心里想着别的事情——在这里。太阳落山早，因为是在山里。而实际上，太阳已经西沉。我沿着草地走回房屋，吹着口哨，点着香烟，这一切都像没有解决的事物的沉淀，都是对这个经历的灰白的回忆。到了房屋。没有人。窗户、门都大开，空荡荡的，我回到自己房间躺下休息，后来下楼，库尔卡正在门厅打扫。

“人都到哪儿去了？”

“散步去了。你喝杯热酒吗？”

她给我斟了一杯，接着是沉默——忧伤、疲惫，或者听天由命的心绪——她和我都隐瞒不住的情况是，她和我都不愿意也不能够说话。我慢慢地啜饮这热酒，她靠在窗台上，眺望窗外，张望着，像一位经历长途跋涉旅行、终于停下了脚步似的。“维托尔先生，”她对我说话了，省掉了我名字最后的“德”字，焦急的时候她就这样，“您瞧见这个小妖精的勾当了？这个妖精连个神职人员也不放过！他们是怎么想的呢，我是窑子的老鸨吗？！”她激动得大叫。“我不能容忍！我要教他们作客之道！还有，这个穿灯笼裤的花花公子更恶劣，就是丑陋的表演，维托尔先生，如果光她自己发贱也罢，但是他和她一起发贱，谁见过一个汉子带着内人一起去勾引另外一个男人的，简直没办法相信，因为是他把自己的媳妇放在这个男人大腿上的，真是丑事，还在蜜月里，就把自己媳妇放在别的男人身上，我根本就想不到，我的女儿怎么会又这么没德行、没教养的女同学，这一切都是因为和雅黛绮卡过不去，他们成心要破坏她的蜜月，维托尔先生，我看见的多了，还从来没有见过这样的，我不能容忍在这儿卖淫。”

她问道：

“您看见莱昂了吗？”

“是啊，刚才见他了，坐在树墩子上。”

我喝完热酒，想说几句话，可是我和她都没有说话的心思，因为……太远……大山那边，森林那边……我们是在别的地方……

但是，就连这样的感觉也没有被触及……我放下酒杯，含含糊糊说了句话，走了。

我又在草地上漫步，但是往相反的方向——去找他们。双手插在衣袋里，低着头，好像在深思，但是没有思想——好像有人把思想都截取走了。河谷平原长满羽毛般的树木、披着森林的外衣、露出山峦的驼背都触及了我，但都是从后面，就好像谣言、像远处瀑布的流水声、像旧约里面的事件或者像星星的微光。我抬起头来，卢卢、卢拉的咯咯笑声传到我的耳边——他们一伙人从树木后面冒了出来，卢卢，我的亲亲，卢拉，你放开，我可要咯吱你了，于是上衣、围巾、手绢、灯笼裤，乱乱的一堆，都出来了，一看见我，就都摇手，我也对他们摇手。

“您到哪儿去了呢？您迷路了，还是怎么的？我们一直走，上了小山……”我跟他们一起走，迎着阳光，阳光其实已经没有了——只留下了巨大的空虚，阳光的真空，其标志就是来自山后面强光线的余晖，似乎来自隐蔽的源泉——照亮紫红色的天空，光线内敛，再也不投身于大地。我观望四周，下面的一切都发生了变化，虽然还明亮——但是开始出现冷漠浓重和放弃态度之端倪，就像在锁孔里转动钥匙，山峦、山丘、树木、石头都渐渐封闭起来，显示出终结。我们这一小伙人的欢乐是嘈杂的……像是摔碎的玻璃的声音，谁也不和别人在一起，人人都是单独的，卢拉在前面，卢卢在后面，都露出可爱的小脸儿，但是脸上都露出小刺儿来……核心是莱娜和路德维科，以及福克斯，远一点是托莱克和雅黛绮卡，他们后面是神父——都是散开的。我觉得他们人太多了。对他们这些人怎么办呢，我考虑着，有点忧虑。

……福克斯令我感到奇怪，他蹦蹦跳跳、兴高采烈的，大呼小叫："莱娜夫人，请您解救我！"卢拉喊道："莱娜，你不用帮助他，他又不是度蜜月！"福克斯回应："我永远是在度蜜月，对于我来说，是永恒的蜜月！"卢卢："又说什么他的蜜月，不知羞的！"

莱娜笑了，却是似笑非笑的……

啊哈，蜜……三对新人蜜月黏稠的蜜……在雅黛绮卡方面变成了她自己的"自制"蜂蜜，或者"她特有的"蜂蜜，就像某些气味一样，因为的确她"闻自己的时候，感到不碍事”，而且她不洗澡，即使她洗澡，也是郑重其事的，是为了卫生，不是为了什么人。卢卢和卢拉总要攻击福克斯，但是实际上是对着雅黛绮卡来的，福克斯不过是台球台上的球杆支架而已……这个情况他是知道的，但是，因为终于有人对他连连开起小玩笑来，所以他欣喜得几乎手舞足蹈，他，德洛兹多夫斯基的受气包，现在也可以在可怜的喜悦中对他们皱一皱眉。他独自在旁边跳舞的时候，在托莱克方面浮现出内在的、令人不快的沉默。在我的脚下是草——都是草——这些草现出草茎、草叶，这些茎叶各自的性状——扭曲、倾斜、曲折、孤独、折断、干枯——在恍惚之中，我觉得是闪烁的、逃遁的，被草莽的整体不得喘息地拉扯直到山脚下，但是已经被禁锢、遗弃、遭受惩处……

大家缓慢漫步。福克斯的笑声比卢卢、卢拉咯咯咯的笑声更见其愚蠢！他顶愚蠢，他的愚蠢的突如其来的升级令我困惑，但是更令我困惑的是那蜂蜜（蜜糖）在发酵。从“蜜月”开始的。但是现在“蜜糖”（由于雅黛绮卡）变得越来越“自我满足”……更加讨厌……对此，神父也作出了贡献……凭他捏弄手指头……

这爱情的蜜糖，虽然有点讨厌，却和我还有一点联系。

就算联系吧。停止联系——停止往来——

我们的步子都不慌不忙，慢慢踱去，到了一条田园风格的小溪。福克斯跑了过去，找到一个最方便的、可以迈过去的地点，大声招呼“走这儿”。阴影逐渐侵入光亮的地方，这光亮的地方被山坡上的森林包围着。卢拉大声说：“卢卢，可怜可怜我这双鞋吧，背我过去，背着我，喂！”

卢卢竟粗俗无礼地对托莱克说：“托莱克先生，请您把她背过去！”

托莱克咳嗽了一声，卢拉扭了扭腰，以中学女生天真无邪的口气说：“老实话，请您帮我一下吧，我累得腰酸背疼，快趴下了！”

于是演变出下面的场面来：卢拉对着卢卢喊：“不懂得羞耻！”她跑到托莱克面前，好像要跳舞似的，“托莱克先生，我很不幸，丈夫抛弃了我，请您可怜可怜我这双鞋吧！”于是伸出一只脚儿来。卢卢说：“说老实话，托莱克先生，一、二、三，说干就干！”卢拉说：“一、二、三！”求他背起她来。卢卢：“开步走，说走就走，一、二、三！”

我没有多看这个场面，心思全用在周围的环境，围绕我们和包围我们的一切，这至少有山体的重量，山体从远处把包围、包裹过来，带着某种森严氛围，山峦随着森林的扩展和逼近而显得严肃（虽然在我们上方高高的地方有亮光，但那是游离出去的）。但是我知道，卢卢和卢拉在跳征战舞，其实无所事事，福克斯欢天喜地，神父站着，莱娜……我为什么会打搅她，在第一天的夜晚，在楼道里，用卡塔霞的嘴唇，为什么本来想要在第二天把事情忘记，却又返回来，反而记得牢牢的呢？……我只对一件事好奇，只有这一件事令我感兴趣，亦即，在我这方面，这一联想是一时的随想呢，还是的确存在着她的嘴唇和那个嘴唇之间的某种联系——我在下意识里感觉到了这一联系——但是，是什么联系？到底是什么联系呢？

贵族老爷式的任意断想吗？放纵自由的行为？不是。我不觉得有罪。这样的事常出现在我身上，但是这不是我要……为什么，我怎么会故意把她变得令我感到讨厌呢，如果没有她，我的生活就不可能是有声有色的、清新的、有活力的，而只是垂死的、腐烂的、不自然的。没有她神采奕奕站在这儿，就会变得丑陋，我是连一眼也不看的。我情愿凝望草地，我头脑里有平原的形象。并不是由于和卡塔霞的污秽联想令我不爱她，问题不在这儿，而在于更坏的情况，这就是，我不愿意爱她，没有这个愿望，没有愿望是因为好像身上出了疹子，而且带着这个疹子看到了最美丽的维纳斯，我也是没有这样的愿望的。是不会看一眼的。我感觉不好，所以不愿意……且慢……且慢……是不是惹人讨厌的是我，而不是她呢？所以是我讨嫌，是我的过错。我想不明白……等一等，等一等，“您扶起她来”，卢拉穿着花色的袜子，“扶起她来，托莱克先生，都是好朋友啊，您也度蜜月啊！”……

雅黛绮卡开口了，声音发自内心深处，高尚，犹如嘱托：

“托莱克，请你把夫人背过去！”

我看了一下。托莱克已经把卢拉放在小溪对岸的草地上，这件事情完了，我又行走，在草地上缓慢行走，蜜，蜜糖，为什么是蜜糖，蜜糖和神父手指头，我好像是夜间在跳跃和攻击同时重重包围上来的森林里行走，在这里，絮絮传出的沙沙声、阴影和形状，都是神秘莫测的，在痛苦中混合在一起……莱昂呢，念念不忘上山、进山的莱昂怎么样了？这个东西在这儿埋伏多长时间才会袭击我们？野兽从哪儿跳出来？草地四周的山峦默默地转变成为荒芜和遭遗弃状态，堆积成为目不可见的黑团、虚空的巢穴、聋哑的城堡，在这一大片草地上，从树木的后面，出现另一座房屋——又不是房屋，之所以存在，只因为是不存在的……不是那边的那座，那座房屋的结构体系包含了吊死的麻雀——吊着的小棍——被掐死-吊起-埋葬的一只猫，在那儿的一切东西都得到卡塔霞“受蹂躏的”小嘴儿的监督和照管，这小嘴儿可能出现在厨房，可能出现在小花园，可能出现在露台上。

另外一座房屋透过这一座浮现是不吉利的——而且还是病态的，病态得十足，病态得可怕——不仅是病态，而且还是劫夺——我领悟到，这是无法可想的，只好听之任之，这样的布局、这样的形式、这样的排列和体系，这一切都是无法破除、无法摆脱、无法逃避的，都太强韧了。确实是这样的。我自己在草地上行走，路德维克过来问我，可以不可以借给他刮脸的刀片——当然可以，请您随便使用——可是（我心里想）这是无法战胜的，因为对此的一切防卫，或者逃避，都会纠缠得更紧，完全像是跌进一个陷阱，你越挣扎，被缠得就更紧……罢了，谁知道呢，这突如其来的感觉仅仅是因为我自卫了，是的，谁知道呢，也许是因为我害怕得过度了，因为在我的想象中卡塔霞的嘴唇贴近了莱娜的嘴唇，从而引起我的痉挛，这第一次的痉挛缠住了我，一切都是从这儿开始的……我觉得，我的自卫预示了这次的发作……但是我拿不准……不管怎么说，现在已经太晚了，水螅已经扒在我周围，形成一种假象：我越要铲除它，它就越要强力坚持生存。

我们前面的那座房屋已经被昏暗侵入，那建筑材料都已经破损……山谷像一个虚拟的酒杯，一把显露出十足羸弱的剧毒花束。天空正在消失，帷幕正在闭合，抵抗力上升，万物都不愿意顺服，所以爬进洞穴、消失、解体、终结——虽然还有些许的光亮——但是可以感受到对这些许光线的恶意驱散。我冷笑一下，因为想到，黑暗带来方便，因为看不见，就可以靠近、走近、触摸、亲近、拥抱和做爱达到疯癫的程度，但是我不愿意，一点也不原意，我患了湿疹，生病了，什么也没有，没有，只有吐出，吐进她的嘴里，什么也没有。

我不愿意。

“你看啊！”我听见那头母猪对自己唯一疼爱的男人说话，轻轻地，但又是急切地（虽然我没有看他们，但是我确信，这和地平线上的粉红色阴影有关系），“你看啊！”她用自己的嘴这个工具说得真诚而崇高，接着又听见“看见了”，是男中音，诚挚。但是那个神父呢？神父和他的两只爪子？那边有什么事？

在房屋前面，福克斯和卢卢比赛谁先到达前面的房屋。

我们进了房屋。库尔卡在厨房里。莱昂从旁边的房间出来，拿着毛巾。

“准备好，请准备进餐，我把自己收拾得明光锃亮，进餐、进餐、进餐餐餐，没时间撒尿，坐下开吃，嗨，哈，嗨，山汉弟兄们，拿果子饼来，大口大口地喝，放个响屁，喝饱了！”

路德维克又请求给他刮胡子刀片——接着，莱昂求我把手表借给他，因为他觉得自己的表不准。我借给他了，问他为什么十分在意表走得准不准，他小声回答说，必须准时！片刻之后，路德维克返回，又让我给他一段绳子，但是我没有。我想：手表、刀片、绳子，一个是借，一个是要，怎么回事，那个方向上是不是正在干什么事？……有多少个主题正在同时对着我形成，有多少寒意正在独立于我而逐渐成熟——都是刚刚出现、正在孵化出来，或者已经走了形，或者被遮盖起来？比如，这个神父怎么样了？

晚餐摆台已经完成一部分，住宅里面爬出来的黑暗浓重得多，楼道里昏黑如夜，而在楼上我们的小房间里，福克斯正在对着袖珍小镜子梳头，小镜子靠在窗框上，那儿还有一点亮光，但是，大约两公里以外山坡上森林的黑暗从窗口渗透进来，就像蟊贼一样。房屋近处的树木发出沙沙响声，依着小风吹来。“兄弟，这太过分了！”这个时候，福克斯还继续说话。——“他们下了决心，当然，你看见了，但是，大家散步的时候出了什么事，丢人的丑事，他们只要看谁一眼，就让人笑弯了腰，上帝原谅吧，但是，真的，得承认，我不感到惊奇……最坏的是，卢拉兴奋得不得了……请你给我拿好小镜子，谢谢……说实话，我不责备卢拉；雅黛绮卡用她爸爸的钱买了这么一个山汉的丈夫，已经够惊人的了，但是她还在追另外一个男人……对莱纳而言，是有点麻烦，怎么说也是她的客人嘛，都是要好的女友，而且她不善于对付这样的场面，太文弱了，而且路德维克等于零，一个怪里怪气的客人，我要说，是一匹拉车的马，衣着整齐的办事员，莱纳怎么就找上了他，也是邪门，婚姻这样的事，决定都是偶然的，就让他们见鬼去吧，三对度蜜月的新婚夫妇，由着他们吧，不出麻烦也难。另外一方面，也得承认，人太多就不好办，所以卢拉要报复也不足为奇……你知道，她当场抓住了雅黛绮卡正跟卢卢……”

“怎么当场抓住的？”

“我亲眼看见的。在晚餐的时候。我弯下腰要捡起掉下的火柴，看见了。他把手放在桌子底下的膝盖上，而雅黛绮卡的手就在他的手旁边，才一粒米远，而且姿势不大自然。余下的你自己想象吧。”

“你不是都想出来了吗。”

“我说的是事实！对这种事，我的嗅觉灵敏。卢拉肯定也察觉到了……从她的脸色就能看出来……所以现在她和卢卢对雅黛绮卡都恨得牙根痒痒……”

我不想争论，争论超出我的能力，这是可能的吗，为什么不是呢，雅黛绮卡可能是这样的吗，为什么雅黛绮卡不可能是这样的呢，嗨哟，在某一种情况下，一定可以找到几千种的理由证实她就是这样的……但是，为什么福克斯就不会把事情弄错呢，他一定是想象……或许是出自某些我所不知道的理由编造……我生病了，病了，病了。我担心双手作出反响并且出现压力，这种担心让我攥起手来。危险太多了！他却还一直唠叨，换衬衣，露出红头发的脑袋，絮絮叨叨的，天空已经不见踪影，下面传来莱昂吆喝似的叫声“老太婆喂老爹吃得多多多！”。我问他，单刀直入地：

“还有，德洛兹多夫斯基呢？”

他沉下脸来。

“可恶！你故意提起这个东西，你个兔崽子！一想起过几天我就得面对这个倒霉的德洛兹多夫斯基，一天八小时，八小时瞧着这个废物，想起这个人就恶心，我就不明白，他成心惹我生气，还算什么才能，呸！……你看他伸出腿来那个样子……恶心！管他的呢，及时行乐，莱昂说的，有什么乐事，也有我一份，有没有道理呢，啊？”

楼下传来库尔卡的声音“请大家入席，进餐”——这声音听着木呆呆的，甚至像石头似的沉重。我面前窗户旁边的墙壁，像一切墙壁一样，痕迹斑斑……细小凸起的条纹、一个小红点、两道划痕、一块灰片，隐约出没的线条，不是很多，但是就在哪儿，多年积累的，沉入这个编织网；我问福克斯卡塔霞怎么样了，有什么新闻，你有什么看法？一瞬间里，我还细细品味自己的这个问题……

“那儿能出什么事啊！你想知道吗？依我看，要不是我们在沃伊迪斯这家人这儿度假感到这样的无聊，也不会出什么事的。这寂寞无聊啊，兄弟，眼睛睁得比恐惧时更大！你寂寞无聊的时候，上帝才知道你可能想象出什么来！走吧！”……楼下黑乎乎的，但是首先是拥挤得很，凹室奇怪，而且一张桌子必须放在同一个角落里，因为有两个条凳必须放在墙壁凹处，有人已经坐在那儿——咯咯咯地笑着说“又黑又挤，配合度蜜月的情侣”，这时候库尔卡拿来两个煤油灯，带来混浊的灯光。片刻之后，一盏灯放在架子上，另外一盏放在橱柜上，照明改善一点，斜射的灯光放大了围桌落座的我们大家的躯体，魔幻化，颤抖的乌云般的阴影横扫墙壁，光线把人脸和躯体轮廓提高到了表层，而其他的部分都淹没，拥挤变本加厉，成了丛林，在手、袖子、脖子的扩展和强化过程之中，大家都在取肉块，斟酒，于是又夹杂了河马的巨大幻影四处奔腾。还有乳齿象。灯光还增加了外面黑暗的浓度，使那黑暗更显得阴森。我坐在卢卢旁边，莱纳坐在雅黛绮卡和福克斯中间，在远处，在另外一端，在奇幻的形象中，人的头部影子混在一起，向盘子伸出的手映在墙壁上的影子也混在一起。胃口却都很好，都不断地取火腿、小牛肉、烤牛肉，大家互相传递芥末。我的胃口也挺好，虽然往嘴里咽唾沫，现在这垂涎却帮助我进食也。和这个蜜糖。因为我的胃口，我中毒了。雅黛绮卡允许托莱克给她加各种生菜，欢天喜地地，而我却苦思冥想，她是不是可能不仅仅像是我所想象的那个样子，而且还是福克斯所说的那个样子，而这完全不是不可能的，她凭她那张当工具用的嘴和那股欣喜的劲头，就可能是这样的，而且，在千千万万的终极原因当中总是能够找到对于每一种组合状态的解释，但是这个神父，一言不发，就坐在那儿吃，好像光吃面条、粥汤之类，吃相不怎么太好，像个乡下人似的；他消瘦，似乎受人践踏，像一只虫子（但是我不知道，什么也不清楚，我一直望着天花板呢），这个神父是怎么回事呢，那边要出现什么情况呢？我吃得舒适，但是也惹人讨厌，惹人讨厌的是我本人，不是小牛肉，真太遗憾了，我因为损害物品而损害了自己，损害了自己的一切……但是我并不是太忧虑，在远处还有什么事令我太忧虑呢？莱昂也似乎是在一个远的地方进餐。他坐在同一个角落里，在长凳连接在一起的那个地方，眼镜凸显，闪闪发亮，在大圆脑壳下面，像两滴水珠，他的脸悬在盘子上面，把面包和火腿切成小块，这才开始用叉子插起来，送到嘴边，放在嘴里，品尝，咀嚼，下咽，吃每一口都要费相当的时间。奇怪的是，他沉默不语，也许正是因为他不说话，所以其他人都不开口，只顾着吃。静静地吃。进餐同时手淫，这是令人疲倦的，尤其是雅黛绮卡坐在她的骑士旁边得到的满足虽然不类似，也还是类似（自己走向自己索求自己之所需），她在吃，而在她旁边还有神父也在吃，像一个农民那样咬、那样嚼，不知因为什么不对劲。“吃”和“嘴”联系在一起，不管怎么说，“嘴”又开始了，往嘴里吐，往嘴里吐……我在吃，胃口甚至还不错，可是这个胃口却十足猛烈证明我已经习惯于吐唾沫，但是恐惧已经吓不住我，因为遥远了……

我吃冷的小牛肉和凉菜。伏特加。

“十一号。”

“十一号是星期二。”

“……下面是包银的，不错……”

“……对红十字架，但是他们说……”

三言两语的对话。东拉西扯的，这儿，那儿，“或者，小榛子，咸味的”“为什么不吃呢，吃几个嘛，别多吃啊”“他抓住权利不放，不退让”“谁呀？”“昨天晚上”……丛林还在生长，我想，丛林在不断滚动增长，我身处一个滚动的大群之中，这个大群体中，总有些什么东西上升到表面，有谁能够记住、把握这么多、这么多的内容，一开始是那张铁床，她伸着腿躺在上面，那张床不知怎么缺失、不见了，接着，例如，就是软木塞，餐厅里的一小块软木塞，软木塞不知怎么也不见了，接着就是敲击声，或者，比如库尔卡的伯爵夫人，路德维克提及的公鸡，配有铁丝网的烟灰缸，或者楼梯，是的，楼梯、窗户、烟囱和排水道，我的上帝，还有横木下面的乱七八糟的东西，其次，伟大的上帝啊，还有叉子、刀子和一只手，两只手——她的手和我的手，或者滴——里——里，伟大的上帝，福克斯，和福克斯一起的全部的东西，例如窗帘洞里投过来的阳光，或者我们沿着扫帚把和小棍线条的行走，或者我们在酷暑中沿着大路行走，当时，上帝啊上帝，疲倦、气味、茶水已经喝完……库尔卡再说“我的女儿”，上帝，潜伏到那树根后面，我不知道，卡塔霞的小屋里有一小块肥皂，或者茶壶，她后退的目光，像含羞草那样的，上了锁的柳条门上的细节，伟大的上帝，慈悲的上帝，那儿的一切都在门上，在常春藤里，或者，例如，她的房间里关灯，树枝树叶，我爬着下来，或者甚至道路上的神父，和那些想象中的线条，那些延长线，上帝啊，上帝，悬挂着的鸟儿，福克斯脱鞋，在餐厅里对我们大家的盘问，愚蠢，愚蠢，还有我们的出发，卡塔霞看守的房屋，例如那露台和门，第一次，酷热，路德维克走到办公室，或者厨房相对于住宅的位置，一个黄色的石头子儿和小屋的钥匙，或者那个蛤蟆，那个蛤蟆怎么样了，藏到哪儿去了，一小块损坏的天花板，和那些蚂蚁，在第二棵树下，在路上，还有我们走过了的那个拐角，上帝，上帝啊，Kyrie eleison，Christe eleison（主啊，怜悯我们，主啊，怜悯我们），那儿，橱柜后面那块地方，我父亲，我跟我父亲的麻烦、不和，篱笆上晒热了的铁丝，Kyrie eleison（主啊，怜悯我们）……

莱昂把手指头上的一点咸盐放在舌头上，缩回舌头……

“……他们被迫撤到一旁”……“在贝斯特希察地区”……“是在第二层”……语焉不详，重叠堆积，就像在肮脏的壁纸上的疙瘩……在天花板上……

他吃完了，坐在那儿，脸垂在圆顶式的脑壳下面……脸好像从脑袋上悬挂下来……他们话多，因为他不说话。他的沉默造成一个空隙。

他用手指头按了一下盐粒，让它粘住，又抬起手指，瞧了瞧，吐出舌头，舔了一下手指头，尝了尝味儿。

雅黛绮卡用叉子插起几片黄瓜。没有说话。

神父弯着腰，双手放在桌子下面。道袍。

莱纳。安静地坐着，进入了细小活动的阶段，平展了餐巾，推动了一个杯子，清理了一下，把杯子向福克斯方面推去，笑了一下。

卢卢跳了起来：“怎么啦！”

库尔卡进来，站了片刻，胖胖的，扫了桌面一眼，回厨房去了。

我记录的都是事实。这些事实，而不是别的事实。为什么记录这些呢？因为我望着墙壁。小点儿，湿疹。凸出来的，像是形体。不对，形体正在消失，消失了，留下来的是混乱，和多余的肮脏，那个神父呢，福克斯干什么呢，蜜糖和雅黛绮卡，路德维克跑哪儿去了（因为路德维克不在，没有来吃晚饭，我想他正在刮脸，本来应该问问莱娜，但是我没有问），把我们带到这儿来的那些山里人怎么样了？真是一团乱麻。能得到什么消息呢？突然，有什么打在我身上，从外面，从院子里，地面起起伏伏地延展到了山上和更远的地方，到了山外，夜间的公路弯弯曲曲的，令人担心，令人压抑，我为什么掐死了这只猫呢？我为什么掐死了这只猫？！

莱昂抬起眼睛，虽然正在沉思，却还是很关注地甚至竭力地看着我，拿起一杯酒，送到嘴边。

他的努力，他的注意影响了我。我举起杯，送到嘴边。我一饮而尽。

他的眉毛抖动了一下。

我的眼帘垂下。

“为我们的光棍身份干杯！”“你这个恶魔，你敢说这样的话，蜜月里说什么光棍身份！”“那就说前光棍身份吧！”“给他加酒，让他以酒浇愁！”“卢卢，你要干什么！”“卢拉，你要干什么！”

莱昂的眼镜在脑壳下面闪光，他伸出一根手指头，沾上一粒盐，放在嘴里，把它含住。

雅黛绮卡把酒杯送到嘴边。

神父发出奇怪的、咕咕响的声音。活动了一下。

一个小窗户……有一根闩锁。

我喝酒。

他的眉毛抖动。

我眼帘低垂。

“莱昂先生，您有什么心事呀？”

“莱昂先生，您想什么呢？”

这是卢卢和卢拉。于是库尔卡问道：

“莱昂，你想什么呢？”

她问这话，战战兢兢的，站在厨房门口，双手下垂，她不想掩饰自己的恐惧，就好像用针头给我们注射时的恐惧似的，而我在思索，思索，最深刻地、最紧张地思索，但是没有什么思想。

莱昂的回应好像是一个旁白：“她问我在想什么。”

蜜糖。

他的舌头尖出现在他薄嘴唇的小槽里，粉红色的舌头留在嘴唇之间；这是一位戴眼镜老先生的舌头，吐唾液在嘴里，在闪电般的混乱和旋涡中吐在和卡塔霞的嘴在一起的莱娜的嘴里，莱娜的嘴浮现到了上面，在一瞬间里我在上面看见了这两张嘴，就像一个人在瀑布飞流直下中的一小片纸……转瞬即逝。

我一只手抓住了椅子腿，以防受伤。手势来得迟了。实际上是修辞式的。哄人的。

神父。

库尔卡不说话。莱昂。卢卢发问，带着哭韵，莱昂先生，这次旅行时要干什么呀？为的是什么呀？半夜里，摸着黑儿？让我们欣赏什么风景啊？

“摸着黑儿看不见什么东西。”福克斯插嘴说，不耐烦了，也不礼貌。

“我的内人。”莱昂说（他发话道，而那鸟儿和木棍就在那儿呢）。“我的内人，”他补充道（耶稣，马利亚！），“我的内人。”（我一只手拉住另外一只）。

“请不要紧张哟！”他开玩笑地喊道，“没有理由紧张嘛！一切都安排妥当，可以告诉大家的，大家坐在这儿，这是上帝安排的，上帝命令大家小屁股都坐着，咬着吃上帝的礼物，咕嘟咕嘟咕嘟地喝荷兰杜松子酒或其他酒，再过一个小时嘛，就要前进，我带领大家，去感受唯一的欣喜，在那个奇迹美景展现面前的地方，那是洒满月光的奇迹，在山峦之间、小山中间、在开阔地、在山谷里，嘿嘿哟，嘿嗨哟……就像我差一个月零四天满二十七年前所看到的那样，当时我偶然地就在这同一个深夜的时刻迷失在这同一个地方，看到了……”

“吸吮。”他补充说，脸色苍白。几乎喘不上气来。

“乌云飞过来了，”卢卢发牢骚似的说，很不愉快，“什么也看不见，黑云，夜里一团漆黑，根本就什么也看不见。”

“乌云，”他嘟嘟囔囔的，“乌云……好啊。当时也是……有一点乌云。我还记得呢。回来的时候看见的。还记得！”他不耐烦地大喊，好像赶路似的，却立即又沉湎在往事之中……

至于我，我也是在思考……不停地思考，竭尽全力。库尔卡刚才去了厨房，现在又站在门口。

“小心，袖子！”

一听见她这句话，我就吓得一步跳向侧面。“袖子！袖子！”这话是对这福克斯说的，他的袖子挂住了盛蛋黄酱的盘子。没什么大不了的。安静。怎么不见路德维克呢，他藏到哪儿去了，她怎么剩下一个人了呢?

麻雀。

小棍。

猫。

“我内人不相信我。”

他开始观看右手的三根手指头，从食指开始。

“诸位女士，诸位先生，我内人想知道我在想些什么。”

他在空中摇动这三根手指头，我突然把两只手的指头交叉起来。

“诸位，我感觉到有些痛苦，在三十七年毫无瑕疵的婚姻生活之后，我内人神神经经地盘问我心里想着什么。”

神父说“递给我奶酪”，大家都瞧了他一眼，他又重复说“递给我奶酪”，卢卢递给他奶酪，可是他没有立即切下一小块来，却又说“能不能把桌子搬开一点，太挤了”。

“可以移动桌子，”莱昂说，“我刚才说什么来着？啊，对了，我刚才说在多年毫无瑕疵的共同生活之后，不应该这样对待我。”

无可指摘的

堪称楷模的

履行义务的

忠贞不贰的……

“因为已经多年！年、月、周、日、时、分、秒……先生们，你们知道吗，我用铅笔在手心上算过包括闰年婚姻生活一共是多少秒，答案是，一共一亿一千四百万九十二万零九百八十四秒，一秒也不多，一秒也不少，计算的时间是直到今天晚上七点半。现在八点了，又加上了一两千秒。”

他站起来、唱歌：

你喜爱的你没有

你只能爱你有的

他坐下。深思。

“你们如果要搬开桌子……我说什么来的？说了什么？啊对。在内人和女儿眼前，收获了这么多秒的时间，但是，可惜啊，谁能想到——”

谁能想到

谁能想到

谁能想到

“我内人对我的思想看来还是不相信！”

他又陷入沉思，不再说话。他的沉思是不合时宜的，有一种总体的严重混乱的感觉，或者无序，或者这类的状况，但是也许不是在他的言语中，也许是在一切之中，在一切的整体之中……重新……重新……但是他依然在继续庆祝活动。麻雀。木棍。猫。要点不在这儿。要点在这儿。要点不在这儿。所以要点在这儿。他举办庆祝活动，像是连祷，总结仪式，似乎说“你们看啊，我集中注意力表示毫不注意”。

“我内人不相信我在想什么，请问，请问，我该受到这样的对待吗？大概不应该吧，只不过，得承认，这是真的（把桌子搬开，太挤了，椅子太硬了，真没办法）但是，真的，得承认，在这样的场合，是什么也不知道的，因为有谁能够知道他人脑子里想些什么呢……举例来说吧。例如，我，一个模范丈夫和模范父亲，手里拿起——就比方说吧——这个鸡蛋壳……”

他手指头捏起鸡蛋壳。

“就这样，捏在我手指头里……就这样地转动它……慢慢地……在诸位眼前……这样的动作是无辜的。”

无害的

不妨碍任何人的

总之，是细小的消遣。对呀，是的，但是问题来了：我是怎样转动它的？……因为，请注意，说到底，我能够自然地、专门地转动它……但是，如果我喜欢，我也可以……怎么？……如果我愿意，我可以把它转动得更……嗯……怎么样？……这样一点。我说，例如，当然，这是举例，表明最受人尊敬的丈夫可以在众目睽睽之下转动这么一块鸡蛋壳，转动的方式……”

他脸色变得绯红。须臾之间又变得通红，真是难以相信！闻所未闻！这个情况他是知道的，甚至眯缝起眼睛，但是他没有掩饰，实际上是当众正式地流露出自己的羞涩感。就像做演示似的。

他一直等到羞涩退去。还捏着蛋壳。最后才睁开眼睛，松了一口气。说：

“好啦，没事的。”

大家都感到轻松下来……虽然在我们这个角落里，在油灯灯光下，还感到一阵一阵的拥挤……似乎又沉重下来……大家都望着他，肯定都以为他有点疯疯癫癫……不过没有人说出来罢了。

从外面房屋后面传来咕咚的一声，好像什么东西掉了下来……什么呢？这是没有料到的、额外的声响，吓了我一跳，让我对这个响声深深琢磨了很长一段时间——但是我不知道该想什么，怎么想。

“山。”

他说，平静、十分客气、十分谨慎。

我回应得也同样客气和清晰。

“山。”

他急速瞥了我一眼，垂下眼皮。我和他都静静地坐着，倾听着“山”这个词语……就好像它是一种地下的爬虫，那种从来没有见过光明的……而现在却在这儿出现，在众人面前。他们都在观看它，我想……我突然觉得，一切都向前移动，好像洪水、雪崩、战旗下奋进的大军，决定性的打击到来，猛推一下，给出了方向！鼓号鸣奏，前进！向前！冲啊！如果只有他一个人说了“山”，倒也没有什么。但是我也说了“山”。我的山和他的山（私密的/个人专有的）结合了起来，把他从山丛信赖状态中释放出来。这已经不是一个怪人的私密用语。这已经是某种真实的东西……这是某种真正存在的东西！就在我们面前，在这里。它突然强力弹出，把人推进它自身、令人投身其中……

片刻之间，我看见了那只麻雀、那根木棍、那只猫，还有那张嘴儿……好像瀑布激流中的垃圾——都正在消失。我期待一切都以山的方式向前进。我曾经是一个司令部的军官。做弥撒时候的服务男生。谦卑和训练有素的新入教的表演者。前进！向前！前进！

可是卢拉高声说：“好啊，莱昂先生！”

她不理睬我。但是我深信，她大声说话干脆就是因为恐惧，不能够忍受和他的合作。突然之间，一切都松散开来，放松，出现了咯咯咯的笑声，每个人都开始说话，莱昂打雷似的嚎嚎嚎、哈、吼吼吼地大笑，哎呀，亲娘的水罐子哪儿去了，憋不住啦，得接着呀，喝酒喝多了嘛，白兰地慢慢儿地喝才好啊，扑涂木、巴塔科拉纳嗨呀哈！——可是，大家正要跳跃、松散、放开心胸、在这样畅快的时刻之后，那一大群、一大群人的嘈杂声又回来了，这是多么的扫兴、多么的别扭阿！也给我伏特加，您怎么不喝呀，来一点白兰地嘛，神父，雅黛绮卡、托莱克、卢卢、卢拉、福克斯，还有长了雕琢得多么好看又鲜嫩嘴儿的莱娜，一大群欣赏美景的客人。一切都蔫了下来。什么也没有了。一切重又像一堵肮脏的墙壁。一片混乱。

麻雀。

木棍。

猫。

我又回想起它们，因为我正处于忘记他们的过程之中。因为它们远去，所以它们返回到我这里来。都在消失。是啊，我必须在自身之中寻找已经远去的麻雀、木棍和猫，要找到它们，把它们保存在我自身之中。我必须竭尽全力，在思想中、在树丛中、在路的那边、在墙根下——再看到它们。

神父开始从椅子上站立起来，沿着桌子挪动，道袍穿过房间。他到露台上去了。

我没有了这山，觉得憋闷。不知道该怎么……我想了一下：我也出去吧。呼吸一点清新的空气。

我站了起来。向屋门走了几步。

出去了。

露台上的空气清新。月亮。乌云正在聚集，闪亮、山峦一样鲜明、下面是黑得多的起伏山峦，顶部显出岩石。周围都是童话般的景色，草地，绿野点缀着一簇一簇的树木，成行的人群，园会、像是一个公园，在这个公园里举办欢会、游戏，一切都沉浸在月光清辉底层之中。

在楼梯旁边，神父靠着扶手站着。

他站着，正在用嘴作着什么奇怪的事。

九

这篇故事以下的情节很难说清楚。我甚至不知道这还是不是个故事。组成因素……这样经常的……聚集和分离……是很难称为故事的。

我出门来到露台，看见神父用他的嘴在做某种奇怪的事，顿时惊呆了！干什么呢？干什么呢？即使地壳裂开、地下的恶鬼爬到地面上来，我也不会感到更大的惊奇！真的不是开玩笑！只有我一个人知道这嘴的秘密。除了我之外，谁也没有被引入莱娜嘴儿的神秘经历。他没有权利知道这个秘密！这是我的秘密！他凭什么权利把他那张嘴伸进我的秘密中来?!

但是很快就弄清了原委：他在呕吐。呕吐。他的呕吐丑陋、可怜，可以谅解。

他喝得太多了。

也罢，算不了什么!

他看见我，微笑一下，显得羞涩。我想告诉他，应该躺一会儿，睡一会儿，接着有另外一个人来到露台。

是雅黛绮卡。她从我身边走过，往草地上走了几步，站住，一只手放到嘴上，借着月光，我见她呕吐，她在呕吐。

她在呕吐。就我所见，她的嘴是有理由呕吐的——所以我才观看这张嘴——如果神父呕吐了，她怎么就不应该呕吐呢？是吧？是啊。好。但是，但是，但是，但是，如果神父呕吐了，她就不应该呕吐！她的这张嘴强化了神父的嘴……就像雕漆的木棍强化了吊起的麻雀——就像敲击声强化了敲打声——就像我用我的山强化了这边的山。

为什么他们呕吐的嘴打垮了我？这两张嘴难道知道了我隐藏起来的嘴的秘密吗？这条嘴里的爬虫是从哪儿爬出来的呢？也许，最好还是一走了事。我的确走了。没有回到房屋里去，我在草地上漫步，这一切我都腻烦了，黑夜受到穿过黑夜的月光的毒害，月光死气沉沉的，树梢倒还显得优美，周围有许许多多的人群、行列、絮语、言谈、游戏——这夜景确实让人想入非非。不回去，不回去，永远也不愿意回去，干脆上马车，对着马匹挥动鞭子，一走了之，再也不回来……不行……这夜景美丽如画。不管怎么说，我玩得不是挺好的吗。辉煌的夜晚。但是不可能无限期地延长啊，我病了。辉煌的夜晚。病了，病了，但是病得一点也不厉害。房屋在山丘后面消失，我沿着这儿小溪旁边柔软的草地行走，但是这棵树怎么样了，这是一棵什么树，这棵树怎么样了……

我站住了。那儿有好几棵树呢，其中有一棵和别的树不一样，就是说，和其他的树是一样的，但是必定有一个什么原因，让它吸引了我的注意力。这棵树看不太清楚，在那一簇树木中间，别的树挡着它，却吸引了我的注意力，吸引我的是某种浓密、某种沉重感、某一件重物，我从旁边走了过去，感觉走过了一棵“太沉重的”树木，沉重得可怕……我止步，转身。

我走进树丛，确信那儿有事。树丛边缘有几棵散乱的桦树，接着是几棵松树，浓密一些，颜色深一些。我正在走向某一个令人窒息“重物”的感觉没有减轻。

我查看四周。

一只鞋。

一条腿从一棵松树上耷拉下来。我以为是“一条腿”，但是我没有把握……第二条腿出现了。一个人……上吊了……我看准了，一个人……两条腿，鞋，往上，看清了头部，扭转着，其余的部分和树木混合在一起，混在昏暗的树枝当中。

我查看周围，没有什么，一片宁静，我又看了看。一个上吊自缢的人。那只黄色的皮鞋我是熟悉的，让我想起了路德维克的鞋。我拨开树枝子，瞧见了路德维克的外衣和他的脸。是路德维克。

路德维克。

路德维克吊在一根腰带上。从他自己裤子上拉下来的腰带。

路德维克吗？是路德维克。上吊了。过了一会儿我才习惯这个……他上吊了。我还得再习惯这个场面——他吊在这儿呢。既然上吊了，那就是出了这个事，于是我开始慢慢思索、估算，他上吊了，是谁把他吊死了，是他自己上吊的吗，什么时候呢，晚餐之前我还看见他了啊，他要刮胡子的刀片，散步的时候，他的表现和平时一样……可是，竟上吊了……既然出了这样的事，就必定有其原因，只不过我找不出来而已，找不出来，找不出来，在旁边流过去的河里，我所不知道的全部情况一定形成了一个旋涡，一定出现一个阻碍，形成某些联想和猜测……路德维克！怎么会是路德维克呢？更可能的是莱昂、神父、雅黛绮卡嘛，甚至是莱娜——但是偏偏是路德维克！然而，这个事实就吊在那儿，吊着的事实，路德维克上吊的事实，给人当头一棒，一个又大、又沉重、吊起来的实事，就像一头解开了套的牛乱窜，一个巨大的事实吊在一棵松树上，还有皮鞋……

不久以前，一位牙医要给我拔牙，可是他用钳子怎么也夹不住我这颗牙齿，我不知道那把钳子为什么就是要滑下来……这个吊着的事实也是这样，我就是抓不住它，它一次再次地溜走，我感到没有力量，我把握不了它，既然出了这样的事，就是出了……我观看四周，十分细心地观望四面八方。我镇静下来。大概是因为我终于明白了……

路德维克。

麻雀。

确实，我望着这个上吊的人，就和我在那片丛林里望着那个麻雀一样。

还有那乓、乓、乓、乓的声音！一、二、三、四！吊起来的麻雀、吊起来的木棍、掐死之后再吊起来的猫、上吊的路德维克。各就各位。井然有序！愚蠢的尸体变成了逻辑的尸体——只不过逻辑也是太沉重……也太过于是……我个人的……单独的……私人的。

除了思考，我没有其他的事可做。我这样想。无论如何，我努力要把这件事写成一个可读的故事——我想——或许，是他吊死了那只麻雀？是他画出来那些箭头，吊起了木棍，沉溺于这些稀奇古怪的行径……这是一种狂热，吊杀的狂热，这样的狂热把他诱引到了这儿，让他自己上吊……死心塌地的狂热分子！于是我想起，我和莱昂坐在树墩子上的时候，他十分真诚地对我说的话：他，莱昂，跟他毫无共同之处。指的是路德维克吗？狂热、沉迷、疯癫……

或者有另外一种可能，也是根据正常的逻辑推断：他沦落为某种讹诈的牺牲品，也许是复仇，有人迫害他，在他周围布置了那些符号，暗示他必须上吊……但是，这可能是谁呢？库尔卡？莱昂？莱娜？卡塔霞？

还有另外一个可能，也是“正常的”：也许他不是自己上吊的？有人谋杀了他？也许有人先掐死他，然后再把他吊起来？这个人平时喜欢吊起小件东西，成了狂热分子，精神错乱，最后忽然被一种欲望攫获，要吊起比木棍重的东西……是谁？莱昂？卡塔霞？但是卡塔霞留在那儿了……那又怎么样？她可能偷偷地到这儿来，有一千个理由，一千个办法，怎么会不可能呢，是可能发生这样的事的，各种汇合的机会，机遇组合是无穷尽的……还有福克斯呢？难道福克斯不也是可能感染吊杀他人的狂热，学会这个办法……也……也……可能的。但是他是一直和我们大家在一起的啊。那又怎么样？假定就是他的话——那就总会找到时间的窗口，在不断出现的事件形成的没有底的大锅里，还有什么不能找到啊！神父呢？他的短粗手指头可能把几百万、几百万线索和那个进餐用的叉子联系起来……

可能是这些手指头……但是山民呢？那些把我们送到这儿来的山汉是什么人呢？在月光下，面对不断膨胀的、混乱的、纠缠在一起的现实，想到人的精神的软弱无能，我不禁冷笑了一声……没有不可能的组合……每一种组合都是可能的……

然而……但是这些线索都是微弱的……微弱……而这儿是一个上吊日，一具丑陋的尸体！上吊者尸体的丑陋，乓、乓、乓、乓，和乓、乓、乓、乓巧妙结合了起来，麻雀——木棍——猫，这就像a、b、c、d，像一、二、三、四一样！多么巧妙！对逻辑何等的追求，但这是地下的逻辑。

但是，这抢眼的逻辑，乓、乓、乓、乓，这地下的逻辑渐渐挥发、消失，在我们要让它服从普通的逻辑的时候，在迷雾中（我想）消失。是否可以谈论麻雀和木棍之间的某种逻辑联系呢？因为二者被我们室内天花板上勉强可见的箭头联系了起来——箭头十分模糊不清，是我们偶然发现的——箭头十分模糊不清，在想象中，我们必须加以认真补充，把它充实起来。发现箭头，找到木棍，就像在一堆稻草里寻找一根针一样！是谁——路德维克，或者另外一个什么人，是能够有意识地制造出这样若有似无、草蛇灰线般的符号网吗？

麻雀、木棍和猫有什么联系呢？是我自己把猫吊起来的嘛。乓、乓、乓、乓，麻雀、木棍、猫，三个上吊事件呀？是啊，三个，但是这第三个原因在我，这第三拍是我制造出来的。

噩梦。幻影。是的！——上吊的人吊着，乓、乓、乓、乓，a、b、c、d，一、二、三、四！我想迈步靠近，或许还摸他一下，但是我轻轻退后一步。这个轻微的动作吓坏了我，似乎面对一具尸体的走动这个主意不好，自找麻烦。我的处境阴森鬼气——确实鬼气逼人——原因在于我在这儿和路德维克的关系恰恰跟我在那儿和那只麻雀的关系一模一样。这儿和那儿都是树丛。一个上吊的人和一只吊死的鸟儿。我看了看四周……这是什么景色啊！山峦了无生气地向平展的天空窜去，大部分摆满了半人马、天鹅、船只、长毛发亮的狮子，下面是一千零一夜里面那个谢赫拉查达——颤抖的白色背景中的草地和花束，啊，这是一个僵死的行星，发出借来的光辉，——这是次生的、弱化的、夜晚的光辉，使亵渎的、有毒的，像温病一样。而且星座也是不真实的，臆想出来的，强加的，是对于闪耀的天空的一种沉迷！

但是月亮不是核心的尸体，只有路德维克才是——树上吊着的这个死尸，和墙上那只猫的尸体一样！乓、乓、乓、乓……（这响声因为那一夜遥远的敲击声而加强，当时的针刺变成了大锤的敲打之声）。我挪动了一下，好像要走——却并不容易！——时候还没到……

怎么办？最聪明的就是……装作什么也没有看见，对一切都听之任之……我为什么要管这个闲事呢？那张嘴又浮现脑际的时候，我正在这么想。这张嘴不太清晰，莱娜发出响声的嘴儿、呕吐的嘴，卡塔霞、莱娜，全部这几张嘴，都不太清楚，模糊闪现而已。但是这几张嘴攻击了我。我扭动一下嘴唇。

我扭动嘴唇，似乎是在驱赶它们。但是我感到厌烦，迷迷糊糊想到听见了“嘴唇别扭来扭去的……在这儿不能……”也对啊，我干什么在这具尸体旁边扭动嘴唇呢，在一个死尸旁边扭动嘴唇，可不是随便的扭动。我感到恐惧，想到：得走了。

我想起要走的时候，出现了一分钟以前我所惧怕的事：我想要看一眼这具尸体的嘴。也许我所惧怕的不是这个念头，而是想到了类似的事……我想要摆脱这具死尸的愿望一定引发出了触摸尸体的欲望。

我惧怕这个念头，可是这个念头对我的攻击越加猛烈……当然……

但是，这不是那么容易的——得扒开树枝子，得把他的脸转向月亮，才能观看他。甚至还有这样一个问题：我不必爬树，是不是也能看看他。还挺复杂。最好什么也不要碰。

我还是碰了他一下，扭过他的脑袋来，看了看。

嘴唇显得发黑，上唇向上拉起，可以看见牙齿：一个洞，一个小坑。我当然已经有一段时间琢磨了这样一个思想、一个假设，到最后我必定或者自己上吊……或者把他吊死。把人吊死这个念头从许多方面向我涌来，还有与此有关系的联想……常常是愚笨的……因为我已经吊死了一只猫。但是猫不过是猫罢了。而现在我却第一次察看人的嘴。看一个上吊自缢的人小黑洞般的嘴。嗯。

走吧。不管它。

走吧，把它留在这儿，它已经在这儿了。不是我的事，我跟这件事有什么共同之处：我完全没有义务知道，除了什么事，人只要手里抓起一把沙子，就会被掩埋在一大堆沙土之下，这沙土是无限的、不可测度的、没有数量的、不可计算的……我怎么能够发现全部的联系，也许是因为莱纳和莱昂睡觉……能够知道什么呢，什么也不能知道，什么都不知道……我得走，或者留下。但是我站着不动，甚至想到“看过了他的嘴，现在走不了，多遗憾”。

在这明朗的月夜，这个思想令我诧异……但是可以肯定的是：如果我对这具尸体采取了一般的做法，我是可以走开的；但是，在我对他的嘴和我自己的嘴所做的事以后……我已经不能够轻易离去。就是说，我可以离去，但是我已经不能够说我没有卷进这件事……我个人……

我考虑着，思索得很深刻，一丝也不懈怠，可是，没有思想，现在却开始感到害怕，真的惧怕，我和这具尸体，死尸和我，我和死尸，我无法解脱出来，的确，在观看他的嘴之后……

我伸出手来。把手指头伸进他嘴里。

不怎么容易，他的下巴颏已经有点僵硬，但还是张开了，我把手指头伸了进去，碰到了舌头，感到生疏而奇怪，嘴里上膛凉凉的，像低矮房间里低矮的天花板一样，我缩回了手指头……

用手绢擦了擦手指头。我看看周围。没有人看见吧？没有。我把吊着的尸体转动一下，恢复到原来的姿势，尽量用树枝子掩蔽好，涂抹掉我在草丛上留下的足迹，快，越来越快，抗拒、紧张、恐惧，快跑，我穿过那个树丛，看清楚了，除了月光顽固的颤动，什么也没有，于是我开始迈步逃遁，快，再快一点，快一点！但是我没有跑。我走到了那房屋。脚步慢下来了。告诉他们什么呢？话得怎么说呢？现在这倒成了困难了。不是我吊死他的。我没有吊死他，但是，既然我把手指头伸进他嘴里，这吊死鬼也就是我的……

与此同时，因为最后“嘴”和“上吊”联系在一起，我感到深深的满足。是我把这二者联系在一起的！终于做到了。好像我履行了自己的义务。

现在要吊死莱娜。

惊奇感现在寸步也不离开我，我的确感到惊奇，因为把人吊死这个思想，到现在为止，还是理论上的，选择性质的，即使在我的手指头伸进过那张嘴，也没有改变其性质，依然是一种怪异……甚至是一种滥调……然而，这个巨大的吊死鬼以其巨大的力量闯进我的世界，我又以同样的力量闯进这吊死鬼，这股力量打垮了一切。麻雀吊着。木棍吊着。那只猫吊着（在还没有埋葬的时候）。路德维克吊着。吊起来。我实施了吊起的行为。我甚至止步思索，每一个人都想要维护自己的身份，所以我也想要保持自己的身份，但是，例如，有谁喜欢梅毒呢，当然谁也不喜欢梅毒，然而，就连梅毒患者也想要成为自己，梅毒患者，“我想要治愈”，但是这话听起来生分，就和有人说“我不想要我自己这个样子”。

麻雀。

木棍。

猫。

路德维克。

现在得吊死莱娜。

莱娜的嘴。

卡塔霞的嘴。

（神父的嘴和雅黛绮卡的嘴，都是呕吐的嘴。）

路德维克的嘴。

现在要吊死莱娜。

这事透着奇怪。一方面，一切都是琐碎的，难以捉摸的，甚至不真实的，在这里、在这个很远的地方，在山外，在森林之外，在月光下。而在另外一方面，吊起的张力和嘴的张力……依然纠缠。必须行动。

我行走，手插在裤袋里。

我站在通往房屋的一个小山岗上。人们说话、唱歌的声音……我望见，大约一公里远的地方，在对面的山丘上，有灯光闪烁——这是他们。在莱昂的引导下，他们行走，又唱歌、又说笑话，保持良好的情绪。莱娜也在那儿。

从那儿，从山坡上，景色展现在我面前，一直颤抖，像氯仿一样。突然在那儿看准了莱娜，就像是带着双筒枪到了野地，从远处看见了一只野兔。我不由得笑了一下。我穿过野地，向他们走去。麻雀吊着，我在行走。木棍吊着，我在行走。我吊起了猫。现在我在行走。路德维克吊在那儿，我在行走。

他们从一条几乎看不见的小径走进树丛的时候，我和他们走到一起。这儿有很多的灌木和多棱角的碎石。他们走得很小心，莱昂带头，拿着手电筒。他们呼喊着，嘻嘻哈哈地谈笑着，“队长，带着大家走啊！”“没上坡，往下走吗？”“下面风景好哇？”“我得坐一坐，走不动了。”

“安静，耐心，到到、到到到达、到、快到了，不呀么不远了，嘿嘿哟！马上，马马上，跟我来，跟我走，说到就到！诸位亲朋好友！”

我跟在他们后面。他们没有注意到我。她靠旁边走着，接近她也许不难。当然，充当把人勒死或者吊死的人，我也许可以接近她。把她拉到边上来，也不会困难（因为我和她已经彼此相爱，她爱我，有谁能够怀疑，如果我要杀死她，那她是必定是爱我的），既可以掐死她，也可以吊死她。我渐渐开始理解，充当谋杀者是怎么回事。在谋杀变得容易的时候，在没有更好的事干的时候，就要杀人了。在其他的机会都已经丧失的时候。麻雀吊着，木棍吊着，路德维克吊着，我要吊死她，像吊死那只猫似的。当然，我可以不必吊死她，但是……为什么要造成这样的失望感呢？命运为什么搅和在一起了呢？在这样多的麻烦之后，在这样多的巧合之后，吊死的时机充分，我可以把这件事和嘴结合起来——现在我应该改变主意，不吊死她吗？

不能改变。我跟在他们后面。他们打着手电筒照着玩。在电影院的喜剧片里，我们有时候看到拿着枪准备射击的猎人小心翼翼慢慢行走，身后却有一个可怕的野兽步步逼近他，一头巨大的熊，或者庞大的大猩猩。这是神父。他跟在我后面，有一点靠侧面，显然是在行列在末尾，不知道为了什么，有什么目的，也许他怕一个人留在房间里吧——起初我还没有注意到他，他却向我贴近——还有他那些短粗的农民手指头，捏来弄去的。穿着道袍。天空和地狱。罪恶。圣天主教会，我们的圣母。忏悔室的清冷。教堂教会和教皇。罪恶。美德。罪恶。道袍。罪恶……忏悔室的清冷。

我猛推了他一下，他打了个趔趄。

推他的那个时刻我突然感到害怕——我干的是什么事啊？！怪人，胡作非为！他会大喊起来的！

但是，没有。我的手遇到的是可怜的顺服，我也立即就沉静下来。他站住了，没有看我。我和他都站着。我看见了他的脸，很清楚。他的嘴。我抬起手来，想要把手指头伸进他嘴里去。但是他的牙齿紧闭着。我用左手抓住他的下巴，拉开它的嘴，伸进了手指头。

我拉出手指头，用手绢擦了擦。

现在得快一点走，得赶上队伍行列。手指头伸进这个神父嘴里，让我感觉好一些，但是，伸进一具死尸的嘴里（我想）就是另外一回事了，不同于伸进活人的嘴；这就好像要把我的种种幻象带进现实的世界。我感到清醒。我提醒自己，因为这一切，我暂时忘记了那麻雀等等，于是重又在那儿，大约三十公里以外——麻雀在那儿，木棍在那儿，那只猫在那儿。还有卡塔霞。

“尊敬的漫步女士们先生们，大家在这儿休息一下吧！放松！自由呼吸！”

他站在一块大石头下面，大石头延伸在长满浓密草丛小沟上面。大石头前面是一块不大的空地，这个地方一定有人来过，我觉得看到了一些车轮印迹……有一点干树枝子，有草。“卢卢，我不愿意在这儿，看他找到了这么个地方！”“将军先生，这儿连坐的地方都没有。”“主席先生，坐在光溜溜的地面上吗？”

“好，好，”莱昂的声音显得低沉，“爸丢了一个袖口链扣。我的袖口链扣，真是的……链扣。有手电筒的请到这边来。”

麻雀。

木棍。

猫。

路德维克。

神父。

莱昂弯着身子找链扣，卢卢给他打手电照明，我想起来卡塔霞的小屋，和我跟福克斯的照明。哟，很久以前的事了。小屋还在那儿呢。有卡塔霞。他接着寻找那链扣，最后从卢卢手里接过手电，但是片刻之后我就注意到，那光线没有停留在地面上，而是悄悄地滑过大石头和其他的石块，完全和我与福克斯一样——我俩用光线照射了小屋的墙壁。他是在寻找链扣吗？也许不是在找链扣，也许在寻找带我们去的那个地方，而是二十三年[1]前的那个地方？……但是他没有把握。他不能辨认出来。从那个时候起，又长出了新的树

---

① 这不是印刷、写作或者翻译的错误。许多人提出疑问，但是认为涉及年代的数字：三十七、二十七、二十三——可能是和贡布罗维奇自己生活中的重大事件有关系。——英译者注

木，土地塌陷，石头移动，他越来越热切地用手电察看，完全像我们当时一样，现在我看着他不知所措、失神落魄的样子，就好像水已经漫到嘴唇，他要沉下去，我肯定会想到，他是和我们——我和福克斯一样，迷失在天花板、墙壁、花坛之中。那是遥远的过去！所有的人都在等待。没有人说话，大概都出自好奇心，等着看到最后草丛里发出什么声音。我瞧见了莱娜。她很文雅，那一张嘴似乎点缀了木棍、麻雀、猫、卡塔霞、路德维克和神父。

他没有办法。已经没有了主意。现在他检查大石块的下面。处处都静悄悄的。他伸直了腰。

“在这儿呢。”

卢拉吱儿吱儿地叫起来：“在这儿的是什么呀，莱昂先生？”

殷勤的样子。

他站在那儿，很镇静。“真是巧合……大家知道，这是时机，不可多得啊！我正在寻找链扣，看见这块石头……我以前到这个地方来过……二十三年以前，我来过这儿……这儿！……”

突然，他好像接到了命令似的，思考起来，场面就这样地延续着。手电灭了。场面依然延续着，延续着。没有人打断，一直等了几分钟之后，卢拉才轻轻地 / 关切地问“您怎么啦，莱昂先生？”，他回答“没什么”。

我注意到，库尔卡不在。留在房屋里了吗？如果是她吊死了路德维克，该怎么办呢？无稽之谈。他是自己上吊的。为什么呀？还没有人知道。他们知道了又会怎么样呢？

麻雀。

木棍。

猫。

路德维克。

很难、很不容易理解的是，这儿发生的事，是和那儿，三十公里以外地方的情况有关系的。对莱昂，我感到气愤，他总要扮演主要角色，而其他人（我也不例外）不过是……见证人……我们到这儿来，是为了看见……

他含糊不清地说：

“在这儿。跟一个女人……”

又过了几分钟，沉默，宁静，漫长的几分钟浸透了污秽，等于某种自白，因为，如果没有人说话，这就表明，我们大家到这儿来，仅仅是为了她办成他的事，而且当着我们的面……和他一己的……自我满足……自己走向自己索求自己之所需……我们得等他完成。时间过得慢啊。

他突然用手电照自己的脸。眼睛、秃顶、嘴、一切。闭着的眼睛。淫乐不已。殉道士。他说：

“没有别的景色。”

他关闭了手电。黑暗令我震惊，比设想得更浓重，也许是因为乌云在我们的上方吧。在大石头下面，几乎看不到他了。他干什么呢？肯定是在那里干他那丑事，越来越兴奋，回忆起往日那个独一无二的女用人，同时也更使劲地干，享受那污秽。但是，如果他没有确认就是这个地点呢？那不就是盲目庆祝了吗？我感到诧异的是，没有人走开，他们一定都领悟到，他为什么把他们带到这个地方来，原来是为了让他们协助他，观看他——观看就是鼓励。要走也容易。但是没有人走开。例如，莱娜本来可以走开，但是她没有。她一动也不动。他呼吸开始沉重。有节奏地喘息。谁也看不见他在做什么。但是都没有走开。他呻吟。呻吟得淫荡，实际上很费劲，因为要做到让他自己性起，后者发情。他呻吟，连连发出吭吭吭的声音。他这吭吭吭的声音，是受到压抑的喉音，让他玩弄他自己，嗨，他干得多卖力气，多努力，把自己当成一头猪，哟，他是在庆祝，还挺郑重其事的……他干得卖力气。努力。喘息。发出吭吭吭的声音。努力。苦干。我们都等着他。于是他说：

“山。”

我回答：

“山。”

“上山下山再进山！”他高声说，我高声回答：“上山进山再进山！”

他完全安静下来，再也听不见声音，我想到了麻雀莱娜木棍莱娜猫到了嘴里蜜糖嘴唇脱臼墙壁泥块抓痕手指路德维克灌木吊起上吊嘴儿莱娜本身那里茶壶猫木棍篱笆道路路德维克神父墙壁猫木棍麻雀猫路德维克吊起木棍儿吊起麻雀吊起路德维克我吊起了猫——突然大雨倾盆而下。松散而稠密的大雨点，我们抬起头来，瓢泼大雨，雨从天降，强风骤起，大家慌作一团，每个人都往最近的一棵树下面奔跑，但是树木都在淌水，滴水，连续地滴水，水，水，水，水，水，头发淋湿，后背淋湿，大腿淋湿，就在我们面前，在只有几道绝望的手电微光打破的、黑暗的黑暗中，垂直流下大水的墙壁，在手电的几丝微光下，可以看出，水怎样倾泻、直落，看出激流、瀑布、湖泊如何溅出水花、阻塞、飞奔，看出湖泊、海洋、咕嘟咕嘟涌出的湍急流水，和水面漂动的麦秆、木棍、树叶消失，水流回合，江河水面上涨，形成岛屿，障碍、壁垒和花体字，而在上面山峦一样形成洪流，洪流倾泻、飞奔，而在下面有疾驰的树叶、正在消失的树坯，这一切聚会成为颤抖、头疼、高烧，莱娜忽然嗓子疼，需要雇佣出租汽车离开扎科帕内，疾病、医生，还有别的，这一切迫使我返回华沙，父亲母亲，和父亲的战争卷土重来，还有其他的事情、问题、麻烦、困难。今天晚餐我们吃了炸鸡块。

解读《宇宙》

卡吉米什·巴尔托申斯基

1

在《和贡布罗维奇的谈话》中，我们读到了作家说出如下的话：

“对于我来说，《宇宙》是黑色的，首先是黑色的；像被搅动的水流，充满旋涡、障碍、溢出的旁支流水，像一道黑水，冲走不计其数的垃圾废料，人注视这道黑水——注视它，被它卷走——人要努力阅读、理解、将其拼凑成为一个整体……昏黑的一团、恐怖、黑夜。黑夜充斥了强烈的激情、被毁坏的爱情。大概上帝是知道的……我觉得，《宇宙》的恐怖可以得到解读，但是不会很快。”（引用的文字来自作家本人或者其他评论家，下同）

依据作家自己全部作品被读者接受的概况，贡布罗维奇对于《宇宙》解读困难的预感是很不恰当的，因为他这最后一部小说出版的时候（1965年），这一创作的许多谜已经得到解密，至少得到了解释。因此，这里不存在开拓性解读的问题。而且，在这一事例中，更应该谈论的是对作品的解读，而不是至少在要点上被接受的、他的某种解释。

对于《宇宙》的某些解读可能显得特别有吸引力和教益，因为这些解读方法是以具体（和容易找到的）资料为依据的，这些资料就是作家生活中的事实，或者他对自己创作的注释。采用这样的阅读或者解释的试验方法，可以给《宇宙》中某些因素带来某种整合性质和明确性，因为这些因素可能显得无从索解或者没有多少意义。例如，小说开篇几句话里说明，叙事者来到扎科帕内，“我父亲和我母亲、整个一家人把我弄得疲惫不堪”，他想要“争取一点变化，躲开他们，到远远的地方去”——这个说明需要解释，而这样的解释有助于读懂整部小说。依据有关作家传记内容和《日记》包含的许多倾诉，就可以写出这样的解释。这样的解释可以导致对于作家传记一个方面的假设，提出作家性异常状况的依据。如果接受这一假设，就可以断定，叙事者维托尔德到扎科帕内来，是为了逃避在华沙的失意和在异地寻求补偿。对于叙事者而言，这也可能是戏剧性的和最后的尝试，要重新激起性爱活动。

在这样的假设下，维托尔德关于被理想化的莱娜红唇的想象，就是明显的，同样明显的还有他秘密的追求：要把崇高的爱欲和“污秽”的爱欲结合起来，亦即“和莱娜——卡塔霞的共同经历”。在这样的背景下，可以作出判断，作为叙事者这些要说正常也正常的（因为是异性性欲的）行为的平衡物，而引入莱昂的形象——自我性欲的体现。跟随着《宇宙》以后的情节线索，可以断定，在维托尔德围绕着莱娜献殷勤的情况下，她的丈夫路德维克就必然使用恰当借口，把调情保持在“桃色新闻之前的水平上”。到最后，路德维克的死亡让维托尔德免除了这个借口，让他接受莱昂的“指挥”。

对于以传记方式重建《宇宙》情节的作法，还可以增加一个观感：叙事者的道路（从华沙到扎科帕内和塔特拉山区，又返回华沙）可以视为贡布罗维奇从波兰抵达阿根廷又返回欧洲的旅行。也可以看出莱昂在性欲方面的回忆和贡布罗维奇生平中对应的事实之间的类似状况。从这样的对比可以得出结论，这就是：《宇宙》中事件的发展成为其作者传记的对应物，或者，他是以比喻的方法谈论基本事实：从青年时代到老年的道路，爱情与死亡的联系。

这样的解释必定带有——尤其是因为过度的细节——解释过度的特点，因而要对这一解释提出疑问，是否必须放弃，因为理由不充分，或者出发点难以成立：应该放弃传记的假设或者理念，亦即：在阅读作品的时候，如果我们能够得知作者的意愿，我们就应该顺从作者的意愿。的确，在贡布罗维奇这一事例中，我们面对如此特殊的传记，作者的大量证据向我们提供出作家个人的见地，而且指出了阅读的途径，所以在解释的时候很难避免使用这些细节。还很容易注意到，这里呈现出来的阐释似乎超出作品本文，从传记资料出发、接过本文之外的情节重建，而达到作品的总体的涵义。

在和这一解释方法的争论中，涉及的不是关于传记虚设的传统议题或者解读“作者意图”的原则。这在很大程度上是涉及广泛的方法论原理和控制了文学阐释的变化多端的情绪的问题。而在《宇宙》一例中，因为接受传记的和“意向的”示意，却忽视了作品的文学特殊性，而是服务于在传统的现实主义小说作品结构本身的有机组织中寻找具有某种功能的人物表演出来的情节。这样的功能整体也许必须显示出来富有表现力的感官范围……对于这个范围可以、而且必须展开讨论。但是针对《宇宙》使用现实主义的常规方法，则不得不表示反对。因此，《宇宙》到底是一部什么小说呢？针对阅读这部小说可以提出什么样的而且有别于得到推荐的——阅读方法呢？

2

在《宇宙》中寻找传统现实主义小说特有的连贯性和单一意义的作法，是徒劳的。贡布罗维奇这部小说中可以和现实主义常规联系起来的仅有的因素，见于开始的片段和结尾处，构成了围绕特殊构成的世界的“正常性”的框架。正是在开端和结尾，谈到了“正常的”世界，而叙事者主角从这里走开，前往一个不同的世界。那里谈到了日常事务：家庭的冲突、考试、“困难”，还有，重要的是，谈到了作为鸟类的母鸡，母鸡肉做的炸鸡块。正是这样的“炸鸡块”象征着一个圈子——叙事者从这个圈子里逃走，而在结尾处又返回了这个圈子；而在这个圈子里事务和人都得服从于房屋、住宅和人群的限制。而在这个小说世界——开头与结尾的框架划定的世界——在这个“可怕而封闭的穷乡僻壤”里，鸟儿不是普通的鸟儿麻雀，而是“被吊死的麻雀”，事物和事件或者是按照“吊死的路线”形成，这路线的进程是像麻雀、小棍儿、猫、路德维克等“物品”表示出来的，或者是按照莱娜的理想的嘴唇前进和卡塔霞丑陋而性感的嘴唇之疏远形成的。

出现在《宇宙》中稀奇和怪异的事物把注意力引向了性和暗杀的阴暗领域方面，但是同时也引向了——幼稚的思想方式的方面。麻雀、木棍儿、猫——这都像是儿童游戏的象征物，引发出关于贡布罗维奇熟悉的“不成熟”的世界的思考。这些道具以特别准确的方式下令抛弃关于按现实主义方法解释作品的观念，又倾向于把《宇宙》主要主题的幼稚性质和某些这类的哲学思考所特有的幼稚观点结合起来。这类的思考在总体的权衡和依靠哲学方法的基础的权衡轨道上，会混合在一起。

在这里值得顺便提示一句，在波兰文学中，扎科帕内和塔特拉山区不是第一次成为沉思的出发点或者连结哲学的思辨出发点。出人意表的是，这个地点因素看来既诱发了深深扎根于现实的作品的灵感，也同样也诱发了远远脱离现实的创作，例如米钦斯基、维特卡齐，最后还有贡布罗维奇的创作。

在寻找《宇宙》超越现实主义的现实中的方向感的同时，很难不理会作者的解释性质的指示，因为作者说，在接受了作为基础的“吊死道路”和“嘴唇道路”之后：

“于是开始了臆测、联想、指摘的过程，某物开始创造，但是胚胎相当怪异……这个模糊的字谜，无法索解，却要求得到解决……寻找解释性质的、清理脉络的思想……”

按照这样的思路，大概就应该把《宇宙》当成叙事者追求过程的形象：他要构建所表达的事物，令其创造出充满意义的整体。我没说：“构建所表达的事物”，其实想到的是《宇宙》中表现的现实并不是预先构思好的，而是事先屈服于现存的诗学，被赋予某种意义，就像在现实主义小说中那样，而是临时创作出来的。那么，《宇宙》是一部关于小说起源的小说呢，还是自主小说呢？在某种意义上，是这样的。的确，小说里很少有严格意义上自主主题的表述，例如：“……组成因素……这样经常的……聚集和分离……是很难称为故事的。”但是，按照贡布罗维奇的论述：

“《宇宙》不是一部平常叙述——比方说——悲剧爱情故

事的小说。这部小说是关于这样的故事的创作本身的，关于创造现实的过程的……《宇宙》是一部在写作过程中它自己创造自己的小说。”

在提出关于作为小说题材的“创造故事”的想法时候，可以表达出一个假设，即：如果要表现这样的“创作”，则所叙述的故事只能出现在引用语里，从某种叙事距离提出，这样的距离可以在阅读者的眼睛前面不仅揭示出文学的事实，而且还有这些事实形成的过程。例如，在叙事者表达事件的各种可能办法的时候，他似乎是在各种杜撰形式的田野上翱翔。在《宇宙》的某一点上，情况就是像这样：

“（莱娜）她爱他，又恨他；绝望，又迷恋；幸福，又不幸，但是也可能都凑在一起，都有一点；但是最拿得准的是上面说得都不对。”

这里表达出来的关于事件展开程序不确定现象，可以理解为整部小说真实景况特别富有表现力的例证。所以，在《宇宙》全文中，都可以感觉到事件发展的偶然性和非必要性，换言之——正是这些事件独立于某种事先安排好的结构，因而受制于更新颖的创造行动推进。

在《宇宙》中出现的自主小说创作办法不应该从字面上

来理解。根据贡布罗维奇的暗示，这部小说的特点在于，关于“故事”形成的叙述同时也是关于创造“现实”的叙述，因此，在展示开来的小说建构原则和小说展现出来的建造现实的意义之规则之间，存在着类同现象。因此，现实——就像文学本文——如果不深入其涵义之网络，一般地说，就不可能捕捉到。贡布罗维奇感受到了这个问题，所以提出下面的修辞学问题：

“任何事物在佚名的生成过程中，都永远是不能够表述的，谁也来不及发出诞生那一时刻的呼叫声，因为，我们既然是从混乱中诞生的，却无法和它接触，我们还没有来得及看一眼，秩序……形状……”

对于这里描写的现象的兴趣看来就是《宇宙》的出发点。可以说，贡布罗维奇在他这最后一部小说中完成了对于感性对象物概念的分析，提示总结（特别是在本文之外的解释中）他自己关于形式乃是提供感性的主体。而且，重要的是，在这里标志出来的哲学问题，在《宇宙》中没有严格意义上的形而上学的性质，没有涉及生存的事实特征或者确定性，没有涉及生存的超出与人有关的真实。对于贡布罗维奇这部小说来说，重要的是涉及世界对于人来说的构成问题的全部，因而，世界的意义是与对人的生活实践的深入理解相关的。以这样的方式表示出来的理论问题显然录入《宇宙》非现实主义艺术空间的结构之中。这个空间，从一方面看似乎是中性的背景，混乱的“零度状态”，从中产生感性、和可以称为荒诞状态的状态：

“聚集、旋涡和融合……太多了，太多了，太多了，合拢、运动、堆积、砸碎、推动，总体的搅扰，充满空间的巨大冲击，这样的冲击在一瞬间破裂成为几千个细节、组合、巨石、扭打、笨拙的混乱。”

但是，另外一方面，我们可以把《宇宙》的空间当作“潜在的感知天地”来谈论。在这个天地中，占主导地位的是“语义化高度的张力”，或者普遍性地给予意义是气氛——给予基本上没有联系的和孤立的因素以某种意义：

“被吊死的麻雀和被吊起来的小棍儿——小棍儿被吊在墙上一事重复了丛林中吊杀麻雀的事件——这个结果意味深长，因而麻雀事件造成的紧张突然扩大（虽然我们假装忘记，但是这紧张气氛表明这个麻雀萦绕我们脑际多么严重）。小棍儿和麻雀，小棍儿加强了麻雀的印象！”

《宇宙》中意义有两个变化：犯罪学上的和性方面的涵

义，被“语义化天地”囊括小说空间蕴含的意义（或者对涵义的怀疑）都或者是性方面的，或者是犯罪的。这个天地——特殊的语义学试验地盘——的天地，可能就是，例如，桌布的表面，因为莱娜和路德维克手在这表面上的运动当作构成了微型行动：

“莱娜的一只手，放松、娇小、咖啡颜色、看着凉爽，……宁静不动，但是，细看之下，可以看到它的颤动，……她丈夫的手，……也是在这个地方，在桌布上，在眼前……当然，她手掌的闭合可能和他的手有关系，但是也可能是处于和我眯缝起来的眼帘下的凝望有那么一点轻微的联系。”

在这个天地里也有夜间的活动（恐怖故事风格，也有侦探小说风格），在夜间，叙述者因为摆脱了自己的侦查或者色情狂活动计谋，他这样说：

“某一个基调吗？某一个主旋律、一个核心吗？围绕这个核心我是否可以重建我的生平、写出我自己半生的故事呢？”

在和多米尼克·德·鲁斯的谈话中，对于这类的场景，贡布罗维奇提出了确切的解释：

“在《宇宙》里……从一开始就朦胧出现某个胚胎般的形体，逐步变得清晰……我的主角就在这些形体的路径上，已经觉得，已经显得，某种有形的东西就要诞生……可是每一次，那形体都坠落在混乱之中。”

根据这一规律，反复出现的怪异事物不仅导致对于这类事物“习以为常”，而且还导致对其资格的承认，但是也频繁导致对于混乱的致命性质的确认。因此，在这里似乎出现了摇摆的程序：从荒诞到充满张力的感知试验，再反向摆动。

意义构成和分解这样形成的问题，在贡布罗维奇的创作框架中应该被当作创新来对待，但是也应该当作一种延续的作法。《宇宙》和以往的作品仍然保持了紧密的联系，以往的作品是专注于人的行为的互动条件作用的。对于贡布罗维奇来说，这样的基本的社会学或者人类学的兴趣几乎在全部作品中发出了声音，首先是《费尔迪杜凯》和《一件臆想杀人案》(载《世界文学》，2004 年，第 3 期)，后者是一篇短篇小说，在恐怖气氛和犯罪氛围方面和《宇宙》有亲缘关系。但是，贡布罗维奇以往作品这互动的概念在《宇宙》中似乎得到了综合。在互动概念上出现了更广泛的、更容易操作的参照结构概念。这里谈到的已经不是个体的人以单独的互动关系为条件的事实，而广泛理解的前景构成问题显得才是重要的。在《宇宙》中，贡布罗维奇表达了感知（但是也有对感知的剥夺）的过程，这些过程以功能性质的参照系为条件。我们举一个例子：

“一股新的活力在成长，地方性的……只不过似乎患病、虚弱……三对青年夫妇，都是新婚的，她们的身份增加了神父的重量和意义，而神父的道袍给三对新婚者带来喜庆的气氛，特别强调了婚姻的性质，所以给人的印象是，整个的招待会就像是一次婚宴。还有神父。”

阅读这样的片段，令人把互动现象当作特殊的情况来对待，这就是，把某些客体置入一个空间，在这里规定好了对这些客体的感受方式。这是限定和依赖的现象——允许某物瞬间占有主导地位，接着重又搅乱方向感。在这样的状态下，叙事者在“感觉矢量”的各个方向中间发挥作用的方向之间奔波。下面是他在看到自己走过的道路的时刻的感想：

“我想到了麻雀莱娜木棍莱娜猫到了嘴里蜜糖嘴唇脱臼墙壁泥块抓痕手指路德维克灌木吊起上吊嘴儿莱娜本身那里茶壶猫木棍篱笆道路路德维克神父墙壁猫木棍麻雀猫路德维

克吊起木棍儿吊起麻雀吊起路德维克我吊起了猫。”

在曲折小路和矛盾中间徘徊的界限把关于悬吊的悲剧性的思想引导到了形式和对形式的否定中来。主角叙述者到底遇到了什么？他的寻找的确得到了成功：上吊的路德维克，还有吊死莱娜的计划都很适合“投缳之怪圈”，从而把犯罪的气氛推向高潮。但是，和路德维克的实体联系在一起的含义，是死亡带来的含义，因而使得主角的寻求和徘徊无效。

面对这样的“语义学”失败，莱昂先生进入了叙事者的注意范围：

“山。”

他说，平静，十分客气，十分谨慎。

我回应得也同样客气和清晰。

“山。”

他急速瞥了我一眼，垂下眼皮。我和他都静静地坐着，倾听着“山”这个词语……“我的山和他的山（私密的 / 个人专有的）结合了起来，把他的山从信赖状态中释放出来”。

这个细小的场面连结了小说的各个基本线索。那么，莱昂先生到底是谁呢？是“近亲繁殖”满足感的寻求者，善于找到奢华享受的大师：

“因为脚心痒痒而得到一点满足，这都取决于态度，有什么样的意图，先生，如果说长鸡眼弄得脚疼，怎么就不会也带来点愉快的呢？……需要有微缩、分开和适当切分的能力……因为品尝一块糖果可以分成几个阶段，第一是闻味，第二是舔，第三是入口，第四是舌头用涎水把玩。”

莱昂的自我满足表现在特殊的语言中。他不倦地摆弄“Berg”(德语“山、山岭；大量、大堆”之意，正文中作“贝尔格”）这个词，似乎这是一把万能的语言钥匙，给他的言谈带来多义的行为和意义可疑的行为。杜撰奇怪的语言新词，引进外国语词汇的作法，使得莱昂的语言适合于他猥琐的和性感的小游戏。“你喜爱的你没有，你只能爱你有的”，出自这样的原则，莱昂在他那个细小的世界里是很幸福的。他的行为恰恰是叙事者特有的热情的反面；叙事者热衷于寻找和从概念上来把握散乱的、琐碎的事务。叙事者还有些要控制住莱昂先生的意思，所以经历了自己第二阶段的失败。他的“哲学感伤旅行”以象征的死亡气息告终，而他的“稳定”则把他推进一个主观主义的豪华小世界，这个小世界根本不理会什么追求含义和理性。换一个理解方式：归根结底，叙述者处在一个陷阱里，一侧是被禁锢在死亡之中，亦即坠入物的存在另外一侧是“自由”，降低人格的、表现为以一己为中心的活动，所以——说来也同样不可思议——同样是毁灭主体的选择自由的。如果我们要在《宇宙》中寻找“人的屏障”，则这一屏障就表现在对于人的悲惨命运的认识之中；人处在不幸的、走向死亡的、对世界感性之需求、和在自我满足的囹圄中毁灭的诱惑之间。

3

这样的概念结构对于贡布罗维奇多数作品来说都不是陌生的。在《宇宙》中，作家放弃了传统小说的全部习惯做法，把重点放在哲学内容上，也把倾向于不仅是人类学的、而且还有语义学和认识论思考推向前台。因此产生了关于《宇宙》的哲学特征的问题，随之而来的是：是否可以把它当作一部哲学著作来阅读。这个问题也包含在经常提出的一个更概括的问题之中：贡布罗维奇是不是一个哲学家。回答要求对于哲学本质和哲学家生活本质这一主题的思考，而且，在考察贡布罗维奇的文学创作时候，答案不是必不可少的。答案是，关于令贡布罗维奇感兴趣的问题之哲学性质的问题——即使依据是给予《宇宙》的议论——来给予回答也是正确的。这不仅仅是哲学问题，而且在贡布罗维奇进行创作的年代里，也是极为现实的；问题来源于现象学和存在主义思考带来的灵感。

从理论上看，可以把哲学写作和文学写作分开，可以注意到这样的事实：哲学家的活动首先在于对世界的特殊的感受，而最佳的活动则不仅仅集中在感受方面，而且还要给予这种感受一种语言的形体。至于贡布罗维奇，则断然可以思考他生前最后几个月为彼埃尔·萨那维奥的一次采访所说的话的含义：

“我认为，叙事的每种形式都应该使用对立统一的方法建构。这是一条相当严格的规定。在《费尔迪杜凯》中，我有时候必须绞尽脑汁构想出我费尽精力找到的对立的情况。”

这一段话指出了某些概念辨识对于用文学手段来努力言说这些认识的优越性。但是，作家对自己思维方式的看法却常常是不同的。

我们在他的《日记》里看到：“我有我自己的艺术家气质，不太懂理论，但是在谈到风格的时候，却有几分自大。”

和多米尼克·德·鲁斯谈话的时候，他说：

“我不是理论家，只是艺术家而已。艺术家不讲究推理，而注意表达。在艺术家这里，一切都是同时展开的，一切都是互相配合的：理论与实践，思考与激情，带有价值判断的生活与对生活的理解……一切都发挥功能——就像在每一个有生命的有机体里一样。”

虽然有这些表达——我们看得很清楚——但是在哲学和艺术之间恰当定位的问题被提出来这一点，倾向于探索贡布罗维奇作为出发点的原理（假设），同时强调他的话语的“非哲学性质”。这里可以得到相当清晰的回答，作家对于自己创作状况这一论题的思考，对显然的哲学思考频繁的靠近——这些作法的来历都在于，贡布罗维奇的思想被置于靠近这样一个类型的哲学思考：它既保持哲学的特点，又指向对于传统概念运用的批判。这一思考还旨在创造一种话语，这样的话语也许忽略了这样的运作，把出发点定位在事物的前概念诸方面中捕捉“事物”。显然，这里谈到的是现象学和存在主义——这两个方面曾多次为贡布罗维奇提供理念上的支持，但是，他在强调自己的文学性的时候，想要和这两个方向保持一定的距离。贡布罗维奇逃离概念的限制。想要和这两个方向保持一定的距离。贡布罗维奇逃离概念的限制，靠近“生活本身”，把自己创造成为清洗掉一切条件因素的“我”——这是符合存在主义原理的。

贡布罗维奇在评论存在主义者，同时想到自己的时候写道：“我们都渴望摆脱抽象，享有具体……我们抛开死物，想要走向生命，但是我们时时摆脱客观主义，时时返回主观主义。”

作家的意图并不是和全部的理论思想分离，只局限于前概念的认识。

对于存在主义的观察帮助贡布罗维奇理解了自己创作条件的困难和摇摆。

他在《日记》中写道：“我和存在主义的关系模糊得令人痛苦，却又紧张。是我自己造成的，但是我不相信它。”

在《日记》的下一卷里，他发挥了这一主题，进入了问题的核心：

“（存在主义）不能够在哲学思想中立足，无论它是什么概念的机制。都是不容进入的。结果，存在主义变成了一个陷阱：这薄薄的一层反理性主义肥油可能诱引轻信者走向又一个概念的笼子……可以坐下，看着这些思想家，他们想要坐着跳舞。”

“坐着跳舞”的意思等于抓住具体事物思考，运用概念，同时走向个人的生活，到最后依然是要把本性上不容主题化的事物主题化。在哲学思想的框架中，这样的意图导致自相矛盾，这一点给贡布罗维奇带来的思想是：“说实在话，存在主义不能创作出哲学。”因为“生活是具体的，而哲学是对概念的逻辑组合。生活排斥概念，就像水流过手指隙缝”。

贡布罗维奇意识到了哲学的这种威胁，用自己创作实例来指出避开这些威胁的道路。《日记》谈论作家的一个著名的片段，形象地表述了“桑多米什的一个乡下人”，他不满意哲学家们紧张而费心（因为充满矛盾）的工作，预示展现出充满具体的梨子和李子的果园。这个果园是文学的地盘，提供智慧和环境；在这个环境中，概念思维和前概念思维的矛盾变得无足轻重。因此，文学作为特定实践活动不只是建造果园，而是用展示和表演的行动，允许避免概念操作的活动给艺术家带来“坐着跳舞”可能的机会。

为了使这一个机会变成现实，必须置身于一切强迫、一切屈从之外。贡布罗维奇说过：“在全部其他的艺术形式中，文学……大概是最开放、最自由的，在文学中可以自由创作。”在这里，可以返回《宇宙》了。在这部小说里，“自由”和“创作”实现得最明显，“自由”就是独立于传统小说的常规，而“创作”就是把哲学内容和言说的非哲学的结构二者的结合。这一结合，在《宇宙》中，是以特殊方式实现的。把哲学含义归属于这部小说不难，尤其是我们可以把这些意义视为启发、大纲，或者不太鲜明勾勒出来的“形而上质地”。但是，《宇宙》不仅仅是一部发出这类议论的小说（一如贡布罗维奇大多数的作品），而且也是一部发出哲理议论的小说，关于复杂的、混乱的试验和错误的方法造成的精神活动的小说。在《宇宙》中，概括性的哲学含义——如果我们想要寻觅的话——不仅仅是作为读者思考的产物出现，而且也是作为被精确表现出来的主角叙事者的思想活动闪现的、流散的效果出现的。

4

为了展现这一作品及其内涵，贡布罗维奇是根据他这样规定的原则行事的：

“我开始写作的时候，叙事的全部因素多少都具有同样的力量。慢慢地，一个因素攻击其他的因素，变得更强，越强就越有能力攻击。在《宇宙》中，情节是沿袭这一方法组织起来的。”

根据这一写作经验，《宇宙》的触发因素也许可以认为是开篇时候给出的文字：“泥土、车辙、泥块……茅屋、篱笆、田野、森林”。也可以赋予小说整体疯狂即席演出的特征，演出围绕基本主题，寻找正在逃遁的安排与意义。但是，同样的主题，这些“意义的贮藏室”（严密的目光要从中发觉形体）出自同样的原则可能依然是混乱和一切理论与概念的矛盾。所以，以这样的素材写作的作家如果说：“艺术家就是即席表演的人”的话，也就不足为奇了。所以，能够创造出这个：充满旋涡的黑色奔腾激流的，不是方法和理论，而是即席表演。

《宇宙》简析

[美]艾娃·汤普逊

“对于我来说，《宇宙》是黑色的，首先是黑色的；像被搅动的水流，充满旋涡、障碍、溢出的旁支流水，像一道黑水，冲走不计其数的垃圾废料，人注视这道黑水——注视它，被它卷走——人要努力阅读、理解、将其拼凑成为一个整体……昏黑的一团、恐怖、黑夜。黑夜充斥了强烈的激情、被毁坏的爱情。大概上帝是知道的……我觉得，《宇宙》的恐怖可以得到解读，但是不会很快。”

贡布罗维奇的评论是准确的。这一部篇幅很小的作品，情节发生在一个常规的中产阶级环境，表现出了卡夫卡和贝克特的人物们所面对的同样不可索解的世界。情节由枯燥无聊实践组成，但是叙事者给这些情节带来了恐怖的氛围。《宇宙》是一部不易理解的小说，不是因为读者不能想象“出了什么事”，而是因为实体事件仅仅是心理事件的隐约的提示。这些提示还没有得到明确的讨论，被表现为减缩的形式，是看起来无关紧要的物理性质的事实。贡布罗维奇的减缩法的哲理达到了顶峰。

名叫维托尔德的叙事者来到扎科帕内山里休养地，为考大学做准备。在扎科帕内遇到了以往的同学福克斯。他们二人在一位退休的银行职员莱昂·沃伊迪斯住宅租了一个房间。这个住宅里住的全是平凡的人：主妇库尔卡顺时针安排每天的烹调和洗涤杂务，美丽的女儿莱娜和工程师丈夫路德维克，在厨房里当帮工的穷亲戚卡塔霞。维托尔德和福克斯之间形成一种类似于《色》里维托尔德和弗雷德雷克之间的关系。都有窥视癖，专注追随各自的兴趣。他们的窥视癖不仅涉及性，因为他们也着魔于像天花板上的裂纹这样的想象着是指向某种秘密的箭头。在小说末尾，叙事者和莱昂建立起来类似的关系，莱昂原来也同样着魔于这两个方向的秘密。

《宇宙》中全部人物都可以成为常人、凡人。他们既不聪明，也不愚笨；既不富有，也不贫穷。他们的长相和身材都不吸引人，这是叙事者说的；但是，与此同时，他却对他们当中长相最丑陋的卡塔霞最感兴趣，因为她在一次汽车事故中被毁容。这些人都怀有根深蒂固的着魔心理，在他们不能给人好感的外貌后面是高度的恐惧。莱昂和维托尔德好手淫。维托尔德和福克斯是强迫性的窥阴癖者。没有人告诉我们路德维克有什么癖好，但那必定是十分强烈、以致造成他的自杀。人越低俗，癖好越猥琐。卢卢和卢拉张扬他们成功的婚配，库尔卡着魔于做家务，其他事一律不放在心上。还有想象中的着魔爱好：善良的卡塔霞在叙事者的思想里具有恶魔般的维度。她嘴唇上的创痕令他厌恶，却又吸引了他。为了向自己辩护自己的兴趣，他指称她似乎并不具备的品格。读者如果比较卡塔霞的行为和叙事者给予她的独白，会发现她的行为根本不能证实她的独白。到那时，引起怀疑的理由挥之不去。在《宇宙》中，和在罗布·格里耶的《橡皮》中一样，现实与可能性之间的界限没有完全扫除，但是持续不断的、着魔般的种种解释认为，事实上被认为真实的事物实际上是相当模糊的，人的试金石是常规和偶然的事件。叙事者着魔于秘密信息，于是就在最是匪夷所思的地方去寻找。因而，她的叙述可靠吗？贡布罗维奇人唯一的也不可靠。全部任务都同样地着魔，对许多事物表达见解，乱作判断的那回事对这些事物完全无知。库尔卡对她丈夫着魔的事，无知透顶。路德维克和莱昂关于改良社会方法的讨论，在后来对于这两个人物的神秘知觉的揭发中受到嘲讽。

《宇宙》是一本关于人在宇宙中的地位不舒适的小说。如果说《宇宙》探索许多人的焦虑，那它就是大量的卡夫卡风格小说之一；但是，《宇宙》的核心议题是对人关于世界的种种判断和见解的质问。《宇宙》叙事者描写的沃伊迪斯家庭是人所设想出来的世界的换喻。这是一个随意设想出来的世界。他的格言和资产都是随意选出的；另外的一套前提可能会造成不同的景象。关于正在发生的事情，有无数的解释。提供出解释的那些人的可靠性受到怀疑。这些人不仅无知，而且还完全迷失在他们自己的强迫性的兴趣之中。成为沃伊迪斯一家人房客的两个学生可以用形形色色的、多样的方式解释这个家庭和他们周围的事件。他们可以随意编造所需要的故事。贡布罗维奇强调这一点，使用的手法是让一个被吊死的麻雀成为这两个青年人所达到的解释链条的第一环。这只麻雀无意中成了一个参照点。维托尔德和福克斯是在走近沃伊迪斯住宅的时候发现这只麻雀吊在一棵树上的。这只鸟儿让他们警觉，他们寻找其他悬吊的物体发现在工具棚子后面有一块木棍吊着。后来，路德维克告诉他们，他见过被吊起来的鸡，而维托尔德则掐死莱娜的一只猫，并且把它吊了起来。一系列的吊杀事件以路德维克的自缢完结。读者能够轻易想象事件可能的次序。路德维克对悬吊着魔，先吊死了麻雀，后来自缢。但是，维托尔德和福克斯对情况有不同的看法。悬吊之链似乎引向别处。事件之一是维托尔德的行为，不必介意，因为福克斯不知道这个情况，而维托尔德太着迷于悬吊的事，反而分不清真实的和编造的证据。随着悬吊事件增多，维托尔德又对另外一事着魔：卡塔霞的嘴和莱娜的嘴之间的联系。这一点促发了另一轮的荒诞想法和行为。维托尔德想要钻进这两张嘴，把手指放在里面，往里面吐唾沫。在维托尔德的想象中，嘴和悬吊情况连结成为一个连贯的整体。他感到满意，因为他在宇宙中找到了意义。

从普通经验的观点看，他建造的结构物看起来难以想象。然而，维托尔德坚持这个看法，因为他设想，一个可能的构建物就是一个任意的构建物是许多人已经同意了的。他意识到，被当作历史来接受的种种组合都不是已经存在的和仅有的。有一种意识正在浮现出来，亦即，其他的组合和其他的历史也是可能成立的。世人自我愚弄，把一千种偶然事件形成的、习惯性的感知视为唯一可能的现实。其他的现实是可能存在、肯定存在的。“不存在不可能的组合……全部组合都是可能的”。

沃伊迪斯帮助维托尔德坚持这一观点。他也有自己的宇宙，他从来不怀疑其现实存在，但是，在维托尔德看来，这个宇宙，起初令人惊奇，不可能存在。而沃伊迪斯比起维托尔德来，是更顽强的现实制造者，而且已经经营多年。维托尔德在沃伊迪斯住宅里设想出来的宇宙，在他返回华沙之后，不再吸引他，而沃伊迪斯则依然固守在自己的世界观中。沃伊迪斯的现实以他头脑中的杂务贮藏室为中心，有它的礼仪、女神、圣物和弥撒。沃伊迪斯把维托尔德引导进入了制造自己宇宙的意识自由。在和维托尔德的谈话中，他最充分地表达了贡布罗维奇对于人类文化中使用的分类法原则之合法性的疑虑。《宇宙》给我们带来了数不胜数的信号——我们选择一些，忽略一些，安然相信有某种形式的相似性控制了世界和我们对世界的文字表述之间的关系。我们的理论和把概念组织成知识的各种方式是有意义的，就像叙事者在沃伊迪斯住宅中这样做的方式那样。这些启示和对历史的某种结构主义的思考平行。甚至可能还存在着直接的影响，因为贡布罗维奇在《日记》和 1967 年论结构主义的“评论”中提及福柯。

在《宇宙》中，没有弗洛伊德主题，这是有意的。叙事者思考问题，不运用弗洛伊德的术语，作者不允许事件证明叙事者是错误的。在《宇宙》中，性是人的孤独感的一种表现，人因为不善于和他人交往而感到的失落感的表现。两个最主要的人物都有手淫行为。三对已婚青年夫妇都神经质地张扬自己的性意识（卢卢和卢拉）或者长年的不愉快（雅黛奇卡和托莱克），或者很快地落到一个悲惨的结局（路德维克和莱娜）。只有沃伊迪斯先生，因为创造了一个以手淫活动为中心的世界，才对自己的性生活有理由感到满意。

《宇宙》是贡布罗维奇最悲哀的一本小说，作者坦言，除了人的精神，他不相信神秘格言或者前提、任何的起源。他从人开始、以人结束，这是符合尼采和存在主义者们的见地的。但是，他没有在那里止步，而是强调人自高自大的自律性是不通的。在《宇宙》中，自律不能够被改变为骄傲的占有。实际上，这等于对个人杂务贮藏室的崇拜。莱昂·沃伊迪斯兴旺，但是这是一种悲哀的兴旺，远离存在主义的意识和尼采的超人特质。叙事者竭力要为周围的世界发现比莱昂表现出来的、某种更为普遍的意义。但是，他为自己的尝试感到失望，只好放弃："元素的这种……不停顿的离合……很难称为故事。”他没有放弃发展，没有陷入绝望，但是他叙述的故事表明，他的发展没有兴旺到可观的程度。它的导师，莱昂·沃伊迪斯不再培育他的着魔心理，不再修整美化不可理解、冷漠无情环境中的一个私人世界。

《宇宙》十分接近一部真正意义上的结构主义小说：这是一个封闭的思想链条，由于人着魔于周围全然黑暗中的意义，这个链条才存在。